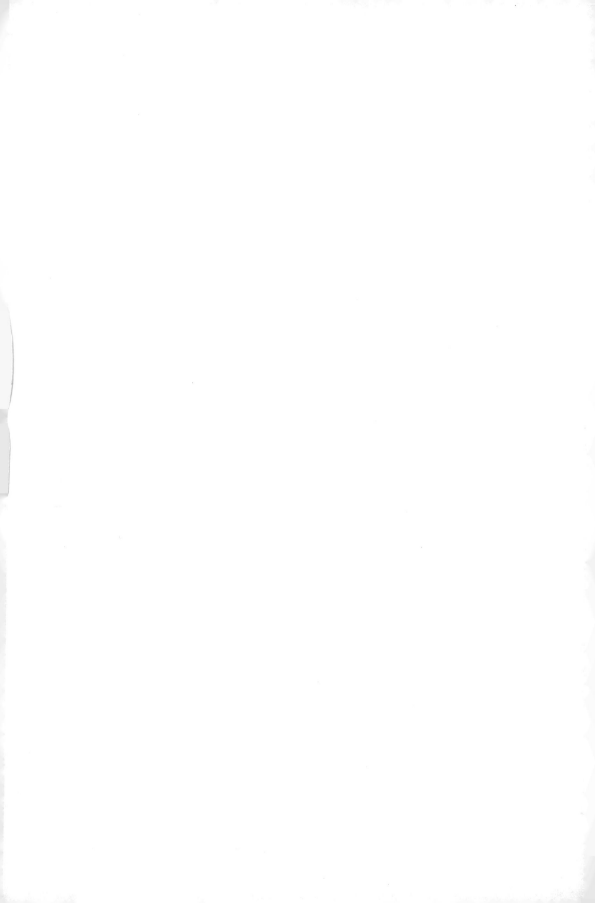

梁啟勳 著

中國韻文概論

貴州出版集團
貴州人民出版社

圖書在版編目（CIP）數據

中國韵文概論 / 梁啓勛著 . -- 貴陽 : 貴州人民出版社 , 2024. 9. -- ISBN 978-7-221-18615-7

Ⅰ . I207.2

中國國家版本館 CIP 數據核字第 2024LX2206 號

中國韵文概論

梁啓勛　著

出 版 人　朱文迅
責任編輯　馮應清
裝幀設計　采薇閣
責任印製　衆信科技

出版發行　貴州出版集團　貴州人民出版社
地　　址　貴陽市觀山湖區中天會展城會展東路 SOHO 辦公區 A 座
印　　刷　三河市金兆印刷裝訂有限公司
版　　次　2024 年 9 月第 1 版
印　　次　2024 年 9 月第 1 次印刷
開　　本　710 毫米 ×1000 毫米 1/16
印　　張　13.5
字　　數　81 千字
書　　號　ISBN 978-7-221-18615-7
定　　價　88.00 元

出版説明

《近代學術著作叢刊》選取近代學人學術著作共九十種，編例如次：

一、本叢刊遴選之近代學人均屬于晚清民國時期，卒于一九一二年以後，一九七五年之前。

二、本叢刊遴選之近代學術著作涵蓋哲學、語言文字學、文學、史學、政治學、社會學、目録學、藝術學、法學、生物學、建築學、地理學等，在相關學術領域均具有代表性，在學術研究方法上體現了新舊交融的時代特色。

三、本叢刊遴選之近代學術著作的文獻形態包括傳統古籍與現代排印本，爲避免重新排印時出錯，本叢刊據原本原貌影印出版。原書字體字號、排版格式均未作大的改變，原書之序跋、附注皆予保留。

四、本叢刊爲每種著作編排現代目録，保留原書頁碼。

五、少數學術著作原書内容有些許破損之處，編者以不改變版本内容爲前提，稍加修補，難以修復之處保留原貌。

六、原版書中個別錯訛之處，皆照原樣影印，未作修改。

由于叢刊規模較大，不足之處，懇請讀者不吝指正。

中國韻文概論 目次

梁啟勳著

中國韻文概論

商務印書館發行

梁啓勳著

中國韻文概論

商務印書館發行

序

文化之進展，約略可分爲兩種途徑：一曰雙方相互的發展，如先秦兩漢間荊楚民族之與中原民族是也。楚騷乃孕育於三百篇，而屈子實漢賦之祖禰。二曰片面吸收的發展，如魏晉間之於西北民族樂歌是也。唐代之樂，堪稱歷史上聲華燦爛時期，而西涼龜茲樂歌，實唐樂之重要成分，惜乎來而不往，彼固未嘗感受我之回響而繼長增高，且更從此而消沉。

純文學原是「唯美」的，乃精神作用，娛情而已，並無何等非此不可之理由。吾見女眞民族最奇，彼實一無所有，無文化之可言，非唯無物與我交換，且無物以供我吸收，然而金元文學於樂律史上，竟成爲第二之聲華燦爛時期，則又何也計詞與曲之轉變，考諸史實，殆純爲須要問題，且帶幾分強制性，並非與一種新文化媾合而自然進展者可比，故吾將名此時期之文學曰「唯用」的，非曰唯美。

是書之作，雖以文體爲綱，作品爲緯，而朝代亦簡明標舉。雖則文體之變化，經蘊釀而後成，不能斷代；唯於引例之便，標舉爲宜。然而內容之所論列，詳略每多懸殊，一以有無變化爲輕重。且於一時期之中，特注重其結晶品，如漢賦、唐詩、宋詞、元曲等是也。宋豈無詩，但其結晶乃在於詞，詳略之間，以此爲準。

此書始屬稿於廿一年壬申四月廿四日，成於廿六年丁丑一月七日，計四年又八閱月有奇。其間或作或輟，迄無常課，偶有所獲，輒援筆增補。大抵每年夏季，工作較多，蓋容我終日伏案者唯暑假期中而已。丁丑一月七日新會梁啓勳識。

林宰平先生評

中國韻文之變化二卷拜讀卒業。難在旣能表出韻文各體之演變及其關係，而朝代之劃分，又甚分明普通文學史長處，此書兼而有之。其運用材料，解決問題，皆能執簡馭繁，深中窾竅，此尤可佩。惟於詩敍金元，只舉遺山、道園、松雪之名，其作品且不一及；他如劉靜修、袁淸容、楊鐵崖之作，非無足述，亦均缺然。明初如高靑邱，轉移風氣，所關至鉅，亦未提及，似皆太略。論公安竟陵，未免過刻，此皆可商者。率臆僭評，不審有當否。草復即上

仲策二兄箸席

弟林志鈞拜上

案：初以此書非文學史，故每一時代只擇其作風之有關於脈變者數人而敍述之，固非凡是名作家輒一一列舉也。此意於行文時旣屢及之矣。又每一時代特注重其結晶品，金元文學之結晶非詩，故詩人從簡。然而太簡誠不妥當，即遵補。公安竟陵，偶於行文時直錄靜志居詩話之評語，非別有所惡；彼之薄摹擬而重性靈，有足多者，旣亦表而出之矣。啓勳又識。

目次

中國韻文概論

總論

是書與通常之文學史不同，文學史之組織，大抵多以朝代爲綱，人物爲緯；茲篇則以文體爲綱，作品爲緯；蓋一則敍其發達之經過，故以編年爲便；一則考其變遷之痕迹，宜偏重體裁也。

所謂文體云者，其大別則爲散文與韻文，茲篇則縮小範圍，專就韻文方面立論，因爲散文無大變化，近代之散文與古代之散文，在文體組織上，差別甚微，若謂今不如古，亦只是文章技術問題，非文體之不同也。唯韻文則不然，漢賦之與駢文，古樂府之與近體詩，詞之與曲，文章之結構絕然不同；誠以中國之文字乃一字一音，最宜於韻文，是以我國之韻文，變化特多，爲世界任何民族之所不能幾及，蓋單音文字於歌曲最稱便利，而對偶排律，尤所獨長，茲篇所謂韻文之「文」字乃廣義的，包舉樂府、詩、詞、曲等在內。

文學之與純文學略有差別，文章原是一種工具，其作用大略可分爲記載事故，發表意志，傳達思想，抒發情感等。但純文學則有時專爲作文而作文，其所作之文並未打算與他人讀，乃至不希望有人讀，然則此類文章更有何用處，不幾等於廢物矣乎。是不然，因爲文章工具說，乃知識作用；但人類於求知之外，尚有所謂精神；爲作文而作文之文章，即精神作用也。由此言之，則此類文章，其重要性殊不減於工具之文，或更過之；但此類文章，多屬於韻文方面。

韻文發生在散文之先，而韻語又發生在文字之先，既爲識者所同認。蓋以天籟乃聲音之自然，有聲斯有韻，非文學家之獨能創造也。試觀今日苗猓民族之歌謠，可以證之。彼等何嘗有文字，更無所謂文學家，然天籟之歌，殊多悅耳之音。其外如非洲及南洋羣島之土人，實無處而不可以得例證。

韻語發生在文字之先，已如前所云，即以見諸文字而論，則如書經之「乃聖乃神，乃武乃文。皇天眷命，奄有四海，爲天下君」；又「人心惟危，道心惟微」及「四海困窮，天祿永終，惟口出好興戎」等，不勝枚舉。尚書乃中國書籍之最古，亦即世界書籍之最古，四千有餘歲矣。又如易經之「雲行雨施，品物流形，大明終始，六位時成」之類，亦皆韻語。此外如周秦諸子之所著述，其中莫不有韻語。至於詩經三百首，則更爲韻語體之純文學矣。

凡物之變也必有其原因，無因則不會起變化；又必有其途徑，不循蹊徑則變化不成。蓋此等轉變，非一蹴而可幾，不同變戲法；變戲法乃假的，而此則甚眞也。譬諸下等動物之變而爲人，語其原因，則爲感覺走路之外尚有其他工作，乃漸改爲以兩條腿專任走路，兩條腿司走路以外之事。語其途徑，則不知幾經變遷乃變爲猴，猴乃變爲人是也。唯文體亦然，語其變化之原因約有二端：一曰欲勝古人，一曰圖避困難。語其途徑亦約有二端：一則從文章結構方面，一則從修辭方面是也。出發點雖各異，而結果乃會於一途，豈初意之所及料哉。

試以文體爲綱，表其類別及轉變之程序如次，

詩三百篇，乃中原文學之祖，一切變化皆由此出

在文的方面則有

騷

賦

七　駢文

律賦（等）

在詩的方面，則有

古樂府

五七言詩

新樂府

詞

曲（等）其源皆出自三百篇，更分別言之。

騷

騷即離騷，乃楚辭之一篇。但何以不曰楚辭而曰騷，因楚辭乃書名。又何以不曰離騷而曰騷，因離騷乃篇名，而騷則爲一種文體之名故也。離騷一篇不過二千餘字，竟成爲一種獨立文體之名詞；因此可見離騷之偉大，同時亦可見屈原之偉大。

司馬遷曰，離騷上追三百篇。柳宗元曰，離騷乃效頌，其次效雅，又效風。劉勰曰，離騷風格自是從詩來，然鍊詞卻至爲輕易。以此論之，騷之文學受三百篇影響，當無異辭。三百篇乃中原固有之文學迨戰國之世，與荆楚文學融合而一變，南北朝時代，與西北民族之樂歌融合而又一變，痕迹固自宛然。

解剖楚辭，其成分約有三種：（一）受三百篇之影響。三百篇之主旨曰溫柔敦厚，曰怨而不怒，楚辭適符斯旨。（二）荆楚民族之特性。即一種半神秘性是也。讀九歌可見三百篇皆無此種神話。（三）屈原個人之特性。屈子之爲人，以一身而具兩種矛盾性，卽面目冰冷，而情感則熱至沸點是已，故結果乃至於自殺，試舉其作品之數語，便可見其自殺之途徑。

製芰荷以爲衣兮，集芙蓉以爲裳。不吾知其亦已兮，苟余情其信芳。（離騷）

哀吾生之無樂兮，幽獨處乎山中。吾不能變心而從俗兮，固將愁苦而終窮。（涉江）

退靜默而莫余知兮，進呼號又莫吾聞。（惜誦）

曼余目以流觀兮，冀一反之何時。（哀郢）

以上所列舉在離騷一段之語意，只要我問心無愧，你不原諒我也不要緊。猶是自慰自解，強作達觀語。涉江之所謂吾生無樂，愁苦終窮，則已入於悲觀了。惜誦之語意則是欲退不能欲進不得，自覺無路可走了。哀郢之語意則是舉目四望，覺得天地雖大竟無一處可以容其身。人生至此，舍自殺更有何法。然而至死猶是怨而不怒，此騷之所以由詩變也。

三百篇雖屬中原文學之祖，但非成於一人手，且多無作者主名，乃廣集民間之歌謠而已。故屈原以前，可以謂之無專門文學家，有之則自屈子始。歷史上第一位文學大家，結果乃出於自殺，斯亦可悲也已。

屈原既放而作九章。史記曰，懷王長子頃襄王立，令尹子蘭使上官大夫短屈原於頃襄王，王怒而遷之。劉向曰，屈原放在草野，復作九章。可見九章乃離騷之餘韻。離騷作於懷王時，而九章則作於襄王時也。九章之章目曰：惜誦，涉江，哀郢，抽思，懷沙，思美人，惜往日，橘頌，悲回風，是也。王逸曰，離騷之詞緩，九章之詞切。蓋前者尚存諷諫之旨，冀王之覺悟，故纏綿排惻；後者則希望斷絕，自書其悲憤，故沈鬱頓挫。試各錄一段以爲方。

時繽紛其變易兮，又何可以淹留。蘭芷變而不芳兮，荃蕙化而爲茅。何昔日之芳草兮，今直爲此蕭艾也。豈其有他故兮，莫好修之害也。余以蘭爲可恃兮，羌無實而容長。委厥美以從俗兮，苟得列乎衆芳。椒專佞以慢慆兮，椒又欲充夫佩幃。既干進而務入兮，又何芳之能祗。固時俗之流從兮，又孰能無變化。覽椒蘭其若茲兮，又況揭車與江離。（離騷）

入漵浦余儃佪兮，迷不知吾所如。深林杳以冥冥兮，猨狖之所居。山高峻以蔽日兮，下幽晦以多雨。霰雪紛其無垠兮，雲霏霏而承宇。（涉江）

九歌乃祀神之曲。序曰，九歌者，屈原之所作也。昔楚國南郢之邑，沅湘之間，其俗信鬼而好祠，其祀必作歌樂鼓舞以樂諸神。屈原放逐，竄伏其域，懷憂苦毒，愁思沸鬱，出見俗人祭祀之禮，歌舞之樂，其詞鄙陋，因作九歌之曲。可見此乃荆楚當日之歌謠，屈子因其意而改造其辭句者。歌名爲九，實凡十有一首。曰，東皇太一，雲中君，湘君，湘夫人，大司命，少司命，東君，河伯，山鬼，國殤，禮魂。除國殤禮魂而外，餘皆神之名，可見國殤乃附祀，而禮魂一首僅五句，實禮成之餘詞耳。

九歌多描寫美麗之女神，以屈原之文學天才，出其綺麗之才思，用縱橫之筆法，寫飄杳之神話，較於離騷九章諸篇，韻味自覺不同。節錄數段，以見其文章之美及思想之神祕。

君不行兮夷猶，蹇誰留兮中洲。美要眇兮宜脩，沛吾乘兮桂舟。令沅湘兮無波，使江水兮安流。望夫君兮未來，吹參差兮誰思。駕飛龍兮北征，邅吾道兮洞庭。薜荔柏兮蕙綢，蓀橈兮蘭旌。望涔陽兮極浦，橫大江兮揚靈。（湘君）

帝子降兮北渚，目眇眇兮愁余。嫋嫋兮秋風，洞庭波兮木葉下。白蘋兮騁望，與佳期兮夕張。鳥萃兮蘋中，罾何爲兮木上。沅有芷兮澧有蘭，思公子兮未敢言。荒忽兮遠望，觀流水兮潺湲。（湘夫人）

靈衣兮被被，玉佩兮陸離。一陰兮一陽，衆莫知兮余所爲。（大司命）

秋蘭兮青青。綠葉兮紫莖。滿堂兮美人，忽獨與余兮目成。入不言兮出不辭。乘回風兮載雲旗。悲莫悲兮生別離。樂莫樂兮新相知。荷衣兮蕙帶，儵而來兮忽而逝。夕宿兮帝郊，君誰須兮雲之際（少司命）

若有人兮山之阿。被薜荔兮帶女蘿。既含睇兮又宜笑。子慕予兮善窈窕。乘赤豹兮從文狸。辛夷車兮結桂旗。被石蘭兮帶杜衡。折芳馨兮遺所思。（山鬼）

文章颷忽奇詭，不可方物，而穠麗優游，安詳厚重，的是荊楚民族半神秘性之成分與中原文學化合而成，而天才之特絕，足以御之，於戲，此其所以為屈原歟。

九章，九歌，遠遊諸篇同是騷體，卜居，漁父則為散文，唯天問一篇，非騷非散，乃不嚴格之韻語，周秦諸子，多用此種文體。

先兄任公有一段評屈原的話曰：「屈原的情感是煩悶的，卻又是濃摯的，孤潔的，堅強的，濃摯孤潔堅強三種拼攏一處，已經有點不甚相容，還湊著他那種境遇，所以變成煩悶，屈原是有潔癖的人，鬧到情死，他的情感全含亢奮性，看不出一點消極的痕跡」又曰：「楚辭的特色，在替我們文學界開創浪漫境界，常常把情感提往超現實的方向，他的現實方面還是和三百篇一樣路數，纏綿悱惻，怨而不怒」。於斯可見其怨而不怒之表情乃得自三百篇，超現實之表情乃荆楚民族半神秘之本性，二者相調合，遂成一屈原而亦殺一屈原。

宋玉亦楚之鄙人，乃屈原弟子。其所作之九辯，亦效騷體，但已變離騷之纏綿而爲急促，且多怨天尤人語，不逮離騷遠矣。然表情方法之奔迸噴湧，則與離騷同。九辯并序共爲十篇，其序如奇峯突起，氣勢壯闊，曰：

悲哉，秋之爲氣也。蕭瑟兮草木搖落而變衰，憭慄兮若在遠行，登山臨水兮送將歸。沉寥兮天高而氣清，寂漻兮收潦而水清，憯悽增欷兮薄寒之中人，愴怳懭悢兮去故而就新。

其後復有一段寫秋氣之肅殺，亦極佳，曰：

去白日之昭昭兮，襲長夜之悠悠。離芳藹之方壯兮，余委約而悲愁。秋既先戒以白露兮，冬又申之以嚴霜。收恢台之孟夏兮，然坎傺而沈藏。葉菸邑而無色兮，枝煩挐而交橫。顏淫溢而將能兮，柯彷彿而萎黃。

招魂一篇，多謂爲宋玉作，史記屈原傳贊曰，「余讀招魂，悲其志。」有據此而謂爲屈原作者。文非騷體，通篇作四字句，而以「些」字爲韻，當是荊楚方言。最後一段乃復轉爲九歌體，結束之數語曰，

朱明承夜兮時不可淹。皋蘭被徑兮斯路漸。湛湛江水兮上有楓。目極千里兮傷春心。魂兮歸來哀江南。

屈宋本是同流，作品雖略有厚薄之分，而表情之技術，宋亦不弱。九辯招魂而外，復有高唐神女等賦，爲漢賦之宗風。是則宋玉之在文學史上，其地位亦不弱矣。

二一

賦

班固曰，「賦者，古詩之流也。」劉勰曰，「賦也者，受命於詩人，拓宇於楚辭也。」可謂探本之論。可見賦亦發源於三百篇，蓋由騷之奇詭而變爲瑋麗者也。

問答體之文，始自屈原之卜居漁父，宋玉之高唐神女繼之，實開漢賦之宗。蓋賦之爲文，旨本於詩而體出於騷。詞尚風華，義存規諷，亦詩人之旨也。

〔戰國〕高唐賦唯前半寫水一段仍用騷體，下半篇則盡用四言偶句，寫山一段，氣勢盤礴。

盤岸巑岏，振陳磑磑，磐石險峻，傾奇崖隤，巖嶇參差，縱橫相追……俯視崝嶸，窐寥窈冥，不見其底，虛聞松聲。

神女賦描寫女性美，寫眉目一段本於詩經之碩人，寫體態一段最佳，情致纏綿，好在不帶病態。

奮長袖以正衽兮，立躑躅而不安。澹清靜其愔嫕兮，性沈詳而不煩。時容與以微動兮，志未可乎得原意似近而旣遠兮，若將來而復旋。

宋玉風賦全用散文體而押韻脚，實開秋聲赤壁之門。其創造能力，自是不小。中一段曰，

獵蕙草，離秦衡，概新夷，被荑楊。迴穴衝陵，蕭條衆芳。然後徜徉中庭，北上玉堂，躋於羅帷，經於洞房。

〔漢〕司馬相如之子虛，上林，稱爲賦之祖，其規模實出自高唐神女，宋玉之嫡派也。賦雖兩篇，其實則一，高唐神女猶是一篇之中設爲問答，子虛上林則合二篇而爲一，別開生面。厥後班固之兩都，張衡之兩京，左思之三都等作，皆同此體。相如字長卿，漢武帝時蜀郡人，即今之四川成都府。

子虛賦在一篇之中設爲問答，上林則又答子虛，此乃相如有意鬥奇，自炫其氣力之雄厚。文中所言苑囿之大，宮室之美，禽獸之多，女樂之盛，均極鋪張揚厲之能事。兩都兩京實由此脫化。子虛以遒勁勝，上林則以瑰瑋勝，合之則成一篇大文，其錘鍊之工，狀物之妙，堪稱絕作。

長門賦亦相如所作，篇中描寫憂鬱淒慘之情緒，但怨而不怒，猶是詩人之旨。通篇擬騷體，辭細膩而不雕琢。中一段曰，

自黃昏而望絕兮，悵獨託於空堂。懸明月以自照兮，徂清夜於洞房。援雅琴以變調兮，奏愁思

之不可長。按流徵以卻轉兮，聲幼妙而復揚。貫歷覽其中操兮，意慷慨而自卬，左右悲而垂淚兮，涕流離而縱橫。舒息悒而增欷兮，蹝履起而彷徨。

賈誼之鵩鳥賦乃說理之文，用老莊緒論以窮死生之變，文則宏闊雄肆，抑揚反覆，自是佳作。賈生乃漢文帝時洛陽人，即今之河南府洛陽縣。

揚雄之甘泉長楊羽獵諸賦，實祖相如。雄字子雲，亦漢之蜀郡人，與司馬相如爲同鄉，約後一百年，生於成帝時。

甘泉賦不用問答體而用遊歷體，自起程而所經而到達，以此爲層次，是則開生面。羽獵賦亦然，從勇士出發以至於合圍，天子起駕以至於獻捷，自爲次序。長楊賦則純是散文體，自爲問答。羽獵擬上林，長楊則仿難蜀父老。雄殆有意法式鄉先輩者。甘泉賦中間寫宮室一段，莊嚴華麗，是漢賦正格。

抗浮柱之飛榱兮，神莫莫而扶傾。閌閬閬其寥廓兮，似紫宮之崢嶸。駢交錯而曼衍兮，嵏嶪隗乎其相嬰。乘雲閣而上下兮，紛蒙籠以混成。曳紅采之流離兮，颺翠氣之宛延。襲璇室與傾宮兮，若登高眇遠，肅乎臨淵。

漢初之賦，如相如揚雄等作品，樸茂可愛。東漢則專尚華麗，魏晉則著意雕琢，六朝則流於靡曼。賦體之變遷，大略如是，隋唐以後，漸成俳體，與駢文相輔而行，又別為一境界矣。

東漢 班固之兩都賦，取格於上林羽獵，而瑰瑋過之；筆力雄厚，實開東漢之風。固字孟堅、東漢扶風人，即今之陝西西安府咸陽縣。

西都賦始言形勢之壯，繼言建築之勝，終言狩獵之盛；東都賦則一切略去，專言建武永平之治，武功文德，繼美重光，此結構之大凡也。兩篇亦設為問答，仍祖相如。通幽賦乃班固自寫其人生觀，格律則摹擬離騷，行文氣骨，得其神似。

西都賦寫昭陽殿一段曰，

昭陽特盛，隆乎孝成。屋不呈材，牆不露形。裛以藻繡，絡以綸連。隨侯明月，錯落其間。金釭銜璧，是為列錢。翡翠火齊，流耀含英。懸黎垂棘，夜光在焉。於是玄墀釦砌，玉階彤庭，碝磩彩緻，琳珉青熒。珊瑚碧樹，周阿而生。紅羅颯纚，綺組繽紛。精曜華燭，俯仰如神。

其寫建章宮一段曰，

神明鬱其特起，遂偃蹇而上躋。軼雲雨於太半，虹霓迴帶於棼楣。雖輕迅與僄狡，猶愕眙而不能階。攀井幹而未半，目眴轉而意迷。舍櫺檻而卻倚，若顛墜而復稽。魂怳怳以失度，巡迴途而下低。

綺靡眩曜，而雍容華貴；雖著意鋪敍，而不見斧鑿痕；此其所以爲厚也，後世那能有此。

東都賦寫蒐狩一段曰、

山靈護野，屬御方神，雨師汎灑，風伯清塵。千乘雷起，萬騎紛紜。元戎竟野，戈鋋彗雲。羽旄掃霓，旌旗拂天。焱焱炎炎，揚光飛文。吐燄生風，欲野歕山。日月爲之奪明，邱陵爲之搖震。

骨氣遒勁，雖華而朴。兩篇氣脈貫聯，實成一篇。何焯曰，如此長篇，仍有含蓄不盡之意，雖鋪排而無敢衍語，具見筆力。可謂善讀。

通幽賦說夢一段曰，

魂煢煢與神交兮，精誠發於宵寐。夢登山而迴眺兮，覲幽人之髣髴。攬葛藟而授余兮，眷峻谷曰勿墜。昒昕寤而仰思兮，心矇矇猶未察。

班氏一門皆以文章顯，如班彪之北征賦，班昭之東征賦，皆朴茂可愛有風度而見眞性情。彪避王莽之亂，發長安而至涼州之安定作北征賦；曹大家隨其夫子穀至陳留之長垣縣任，發洛陽而作東征賦。長垣縣卽今之大名府。北征傷亂一段，東征訓子一段，俱見眞性情。奇才鍾於一家，可謂集天地之靈氣。彪字叔皮，卽固之父；昭乃固之妹也。

北征賦傷亂一段曰，

隮高平而周覽，望山谷之嵯峨。野蕭條以莽蕩，迥千里而無家。風猋發以漂遙兮，谷水灌以揚波。飛雲霧之杳杳，涉積雪之皚皚。雁邕邕以羣翔兮，鵾雞鳴以嚌嚌。遊子悲其故鄉兮，心愴悢以傷懷。撫長劍而慨息，泣漣落而霑衣。攬余涕以於邑兮，哀民生之多故。夫何陰曀而不陽兮，嗟久失其平度。諒時運之所爲兮，永伊鬱其誰愬。

東征賦訓子一段曰，

唯令德爲不朽兮，身旣沒而名存。唯經典之所美兮，貴道德與仁賢。吳札稱多君子兮，其言信而有徵。後衰微而遭患兮，遂陵遲而不興。知性命之在天，由力行而近仁。勉仰高而蹈景兮，盡忠恕而與人，好正直而不回兮，精誠通於明神，庶靈祇之鑒照兮，祐貞良而輔信。

張衡之兩京賦，亦千古大文，兩都而後，此爲最雄，衡字平子，東漢之南陽人，即今河南之南陽府。兩京亦作問答體，西京賦首言山川形勝，次及未央宮、長樂宮、桂宮、建章宮、甘泉宮，以及城郭人民，上林苑、田獵、水嬉、舟遊、技樂，東京賦則改變方法，專言典章制度，首敍秦漢，次及光武、明帝；繼寫明堂、辟雍、靈臺，以及朝會、郊祀、籍田、大射、養老、大閱、大儺、巡狩、來王。不獨前後兩篇不重複，且刻意與兩都立異。

南都賦乃寫南陽陪都，南陽乃光武故里，亦張衡之故里也。前半寫形勢，後半寫人物、法度謹嚴。

思元賦乃張衡之人生觀，脫胎班固之通幽，但通幽淺近。而思元寫實，文藻則仿屈騷。

歸田賦乃張衡傷時感事之作，慨順帝時之閹官用事，遂興歸田之思。此乃漢賦之最短篇者，以峭勁勝。王粲之登樓賦，實源於此。登樓亦是短篇，亦同是懷歸之作。

西京賦寫昭陽殿、一段鋪敍，最爲華麗。

故其館室次舍，采飾纖縟，裛以藻繡，文以朱綠。翡翠火齊，絡以美玉。流懸黎之夜光，綴隋珠以爲燭。

雜陳百戲一段，最爲炫爛。

度曲未終，雲起雪飛。初若飄飄，後遂霏霏。複陸重閣，轉石成雷。礔礰激而增響，磅磕象乎天威。

東京賦寫明堂辟雍一段曰，

於是觀禮，禮舉儀具。經始勿亟，成之不日。猶謂爲之者勞，居之者逸。慕唐虞之茅茨，思夏后之卑室。乃營三宮，布教頒常。複廟重屋，八達九房。規天矩地，授時順鄉。造舟清池，惟水泱泱。

南都賦郊遊一段曰，

於是暮春之禊，元巳之辰。方軌齊軫，祓於陽瀕。朱帷連網，曜野映雲。男女姣服，駱驛繽紛。致飾程蠱，偠紹便娟。微眺流睇，蛾眉連卷。於是齊僮唱兮列趙女，坐南歌兮起鄭舞。白鶴飛兮繭曳緒。修袖繚繞而滿庭，羅襪躡蹀而容與。翩綿綿其若絕，眩將墜而復舉。

此則與兩京殊格，情態靡曼，開魏晉之風矣。

思元賦意仿通幽，而體擬離騷。天游一段，最爲精警。

百神森其備從兮，屯騎羅而星布。振余袂而就車兮，修劍揭以低昂。冠嵒嵒其映蓋兮，珮琳𤨏以輝煌。僕夫儼其正策兮，八乘騰而超驤。氛旄溶以天旋兮，蜺旌飄以飛颺。……凌驚雷之砊磕兮，弄狂電之淫裔。踰厖鴻於宕冥兮，貫倒影而高厲。廓盪盪其無涯兮，乃今窺乎天外。……出閶闔兮降天途，乘焱忽兮馳虛無。雲菲菲兮繞余輪，風眇眇兮震余旟。繽連翩兮紛暗曖，儵眩眩兮反常閭。

此種奇思妙想，實通幽與離騷所未有。

歸田賦不過二百字，中間寫田間野趣一段甚佳。

仲春令月，時和氣清，原隰鬱茂，百草滋榮。王雎鼓翼，鶬鶊哀鳴，交頸頡頏，關關嚶嚶。於焉逍遙，聊以娛情。

傅毅舞賦，以問答起，擬高唐之格調，然而別開生面，先寫舞容，次寫舞態，由緩舞而促節，由盡意態，應接不暇，實描寫女性之又一法。毅字武仲，東漢肅帝時之扶風茂陵人，即今西安府興平縣。錄其辭意妙麗之一段。

羅衣從風，長袖交橫。駱驛飛散，颯擖合并。鶣䴈燕居，拉擠鵠驚。綽約閒靡，機迅體輕。姿絕倫之妙態，懷慤素之潔清。修儀操以顯志兮，獨馳思乎杳冥。在山峨峨，在水湯湯。與志遷化，容不虛生。明詩表指，喟息激昂。氣若浮雲，志若秋霜。觀者增歎，諸工莫當。

眞可謂盡態極妍者矣。通篇雄勁，形神流動，而撰語工妙，可以追蹤相如。

王褒之洞簫賦，實爲樂器諸賦之祖。然只是平平，無甚佳妙。馬融之長笛賦則祖洞簫，而鍛鍊之工過之。褒字子淵，東漢宣帝時蜀人。融字季長，東漢順帝時扶風茂陵人。

三國 三國之賦，不弱於兩漢，如曹植之洛神賦，亦千古傑作，與宋玉之高唐神女同是描寫女性之作。唯洛神更細緻，刻畫入微。植字子建，魏武之第三子。

洛神賦之修辭，可謂千錘百鍊，而精細處尤不可及。翩若驚鴻一段乃遠觀，只寫其神光離合。穠纖得衷一段乃近觀，由眉目而身段而衣飾，用細工刻畫。體迅飛鳧一段忽轉爲若近若遠，以寫其姿態，所謂加倍寫法是也，是眞名手。

王粲之登樓賦則異是，行文平順，只自攄其胸臆，無事雕鏤。篇雖短而意無盡。時粲依劉表，知表之不足以有爲，慨然懷歸。其所登樓卽荆州府之江陵城樓也。粲字仲宣，山陽高平人，卽今兗州府鉅野縣。此文不長，錄其全篇。體擬張衡之歸田賦，而遒勁過之、

登茲樓以四望兮，聊暇日以銷憂。覽斯宇之所處兮，實顯敞而寡仇，挾清漳之通浦兮，倚曲沮之長洲。背墳衍之廣陸兮，臨皋隰之沃流。北彌陶牧，西接昭邱。華實蔽野，黍稷盈疇。雖信美而非吾土兮，曾何足以少留。遭紛濁而遷逝兮，漫踰紀以迄今。情眷眷而懷歸兮，孰憂思之可任。憑軒檻以遙望兮，向北風而開襟。平原遠而極目兮，蔽荆山之高岑。路逶迤而修迥兮，川旣漾而濟深。悲舊鄉之壅隔兮，涕橫墜而弗禁。昔尼父之在陳兮，有歸與之歎音。鍾儀幽而楚奏兮，莊舃顯而越吟。人情同於懷土兮，豈窮達而異心。唯日月之逾邁兮，俟河清其未極。冀王道之一平兮，假高衢而逞力。懼匏瓜之徒懸兮，畏井渫之莫食。步棲遲以徙倚兮，白日忽其西匿。風蕭瑟而並興兮，天慘慘其無色。獸狂顧以求羣兮，鳥相鳴而舉翼。原野閴其無人兮，征夫行而未息。心悽愴以感發兮，意忉怛而憯惻。循階除而下降兮，氣交憤於胸臆。夜參半而不寐兮，悵盤桓以反側。

王延壽之魯靈光殿賦，乃寫東海恭王之宮殿。恭王名餘，景帝子。靈光殿在今山東兗州府曲阜縣城內。上林甘泉兩都二京等賦，已將宮殿之壯麗瑰瑋刻畫得窮形盡相。此賦乃別開生面，縮小範圍，專寫一座宮殿，不及其他，而盡崇傑低昂，幽深窈窕之姿，較於京都等賦，又是一種筆墨。堂奧檻攔，分段摹寫，思路集中，故氣雄力厚。延壽字文考，王逸之子，南郡宜城人，即今安徽寧國府宣城縣。

何晏之景福殿賦，體例效靈光，以俊逸勝，而蒼勁不逮。後幅及於殿外，亦不若靈光之集中。景福殿在河南許昌，魏明帝時建。晏字平叔，南陽人。

晉　左思之三都賦，構思十載，得句即疏之，亦洋洋大文。其立局與兩都兩京不同，精神偏重魏都，而吳蜀兩篇，亦極精密宏博，足見其構思之苦。思字太沖，晉之臨淄人，即今山東青州臨淄縣。三都賦亦祖二京，自謂寫實而不鋪張，其自序曰「余既思摹二京而賦三都，山川城邑則稽之地圖，鳥獸草木則驗之方志」云。蜀都矜其險阻，吳都矜其繁華，魏都則堂皇冠冕，兼敘文德武功，三篇鼎立而分主從，不若兩都二京之無所偏倚也。

陸機歎逝賦，亦自寫其人生觀，傷歲月之易逝，悲人事之無常，語妙意新，氣格尚不壞。

信松茂而柏悅，嗟芝焚而蕙歎。苟性命之弗殊，豈同波而異瀾。瞻前軌之旣覆，知此路之良難。

啓四體而深悼，懼茲形之將然。

此之謂旣悲逝者行自念也。機字士衡，晉之吳郡人，卽今之松江府華亭縣。

陸機之文賦，亦是一篇別開生面之作。通篇論作文之法，而以賦體出之。首言構思，次言造辭，運筆，體格音節，層次避同，立異，病寡，病浮，病雜，病靡，病質，通塞等，曲盡其妙。

潘岳西征賦，亦洋洋大文，晉惠帝元康二年，岳爲長安令，寫其西行之感而作此賦。岳字安仁，乃滎陽之中牟人。

潘岳之文章，上承建安之遺風，下開永嘉之新派，六朝駢儷之體，莫不挹其流。西征賦託體於班氏父子之北征東征，而刻意富麗其詞藻，琢磨其字句，實啓駢文之風。其敍事也，隨處興感，與尋常遊記體之作品不同。過鞏洛而感周室之興亡，過新安而感項羽之坑秦降卒，過澠池而感藺相如，過崤函而懷穆公，過陝州而感虞虢，入潼關以後，更百感交集。茲篇實兼遊記與史評。籍田賦寫天子先農以供祭祀之典禮，射雉賦刻意描寫物態，先寫各不同之雉，神情各異；次寫三種不同之射法，或乘其立而射之，或乘其飛而射之，或乘其門而射之；復次又更易三種射法，即前射，後射，側射，曲盡其妙。秋興賦，閒居賦，近乎歎老嗟卑，用意無足取，然修辭嫻雅，瀟灑出塵，是潘岳本色。太始中諸大家，自以潘陸爲領袖，潘以輕清勝，陸以凝重勝，秋興仿騷，閒居則變爲之字調，取法上林，是其變化處。懷舊賦乃短篇，頗勁峭。寡婦賦爲任子咸妻作，潘岳之小姨也。體仿騷，宛轉哀愴，情文備至，非潘岳莫能道。「靜闔門以窮居兮，塊煢獨而靡依，易錦茵以苫席兮，代羅幬以素帷，命阿保之就列兮，覽巾箑而舒悲，口嗚咽以失聲兮，淚橫迸而霑衣。」曼聲柔調，宛是少婦口中語，令人不忍卒讀，笙賦亦諸樂器賦之佳者。

嵇康之琴賦，亦洋洋大文，且情致綿邈，神解入微，爲音樂諸賦之冠。康字叔夜，會稽人，徙居銍縣，即今之安徽亳州。

木華之海賦，取天然界之一物爲題，別開生面，氣勢磅礴，是一篇佳作。郭璞之江賦，效之，無此壯闊，然頗工麗。孫綽之遊天台山賦亦然。東晉賦體，已入六朝柔曼矣。木華字元虛，廣川人，即今之河間府。郭璞字景純，山西聞喜縣人。孫綽字興公，山西太原人。

陶潛之閑情賦，堪稱描寫女性之絕作，專從微細之物件寫去，而一個雍容華貴之絕代佳人，自活現於紙上，此種技術，可謂高絕，錄其中段，

願在衣而爲領，承華首之餘芳；悲羅襟之宵離，怨秋夜之未央，願在裳而爲帶，束窈窕之纖身；嗟溫涼之異氣，或脫故而服新。願在髮而爲澤，刷玄鬢於頹肩；悲佳人之屢沐，從白水以枯煎。願在眉而爲黛，隨瞻視以閑揚；悲脂粉之尚鮮，或取毀於華妝。願在莞而爲席，安弱體於三秋；悲文茵之代御，方經年而見求。願在絲而爲履，附素足以周旋；悲行止之有節，空委棄於牀前。願在晝而爲影，常依形而西東；悲高樹之多陰，慨有時而不同。願在夜而爲燭，照玉容於兩楹；悲扶桑之舒光，奄滅景而藏明，願在竹而爲扇，含淒飆於柔握；悲白露之晨零，顧襟袖以緬邈。願在木而爲桐，作膝上之鳴琴；悲樂極以哀來，終推我而輟音。考所願之必違，徒契契以苦心。擁勞情而罔訴，步容與於南林。

陶潛之文學，在魏晉六朝間，儼然獨立，超出時流，而自成一家。彼之作品，純任自然，與六朝著意雕飾之文風，恰成反比，眞豪傑之士也。

〔宋〕謝惠連之雪賦，謝莊之月賦，可稱逸品，而氣骨已不逮古人。二謝乃陽夏人，莊字希逸。顏延年延之之赭白馬賦，修辭精妙，純是六朝體矣。鮑明遠照之蕪城賦，多用偶句，鍛鍊之工極細。是六朝正格。如「白楊早落，塞草前衰，」至「東都妙姬，南國佳人，蕙心紈質，玉貌絳唇。莫不埋塵幽石，委骨窮塵。」一段，試與漢賦一比較，何嘗有此等排偶駢儷之體，自此而生矣。此賦乃登廣陵故城而作，即今揚州。明遠上黨人，今山西潞安府。舞鶴賦屬對精巧，寫物生動，是六朝小品之佳者。

〔梁〕江文通淹之恨賦，別賦，風度尙屬飄逸，然無復漢魏之雄厚，去屈宋更遠矣。此兩篇實開唐人律賦之風。

詞賦至南朝，漢魏之骨格已無存，僅餘血氣。庾子山信乃末流之健者，其作品實結六朝之局，開唐代之風。

王國維曰，文體通行既久，染指日多，遂成習套，豪傑之士，亦難於其中自出新意，故遁而作他體以自解脫，一切文體所以始盛終衰者，皆由於此，故謂文學後不如前，余未敢遽信，但就一體論，則此說固無以易耳。（見人間詞話）此言可謂深切著明，文體變遷之總因，實循此公例，令不逮古，其理亦明，所謂不逮者，非才力之不逮，實不變則無以易之焉爾。即如賦體，自兩漢以後，經魏晉以至於六朝，已成弩末，此而不變，則亦可以無作矣。唐代文學集中於詩，其律賦只是小品，且勿具論。至於宋代，如歐陽修之秋聲賦，蘇軾之赤壁賦，則以散文之格調行之，雖曰祖宋玉之風賦，然而不假雕琢，丰韻天然，亦可謂豪傑之士也矣。各錄其一段。

秋聲賦

嗟乎，草木無情，有時飄零。人爲動物，爲動物之靈。百憂感其心，萬事勞其形。有動乎中，必搖其精。而況思其力之所不及，憂其智之所不能，宜其渥然丹者爲槁木，黟然黑者爲星星。奈何非金石之質，欲與草木而爭榮。念誰爲之戕賊，亦何恨乎秋聲。

赤壁賦

況吾與子漁樵於江渚之上，侶魚蝦而友麋鹿。駕一葉之扁舟，舉匏樽以相屬。寄蜉蝣於天地，渺滄海之一粟。哀吾生之須臾，羨長江之無窮。挾飛仙以遨遊，抱明月而長終。知不可乎驟得，託遺響於悲風。

此種作品，非漢魏亦非六朝，天然去雕飾而氣雄力厚，可謂能自樹立者矣然而不變那得有此。

七

「七」之體，每作必八篇。首爲序，後分爲七段，移步換形，隨處新人耳目，不若賦之長冗而易倦。蓋目標屢易，精神自能振作故也。此格創自枚乘之七發，後有傅毅之七激，張衡之七辨，崔駰之七依，曹植之七啓，王粲之七釋，張協之七命，何遜之七召，簡文帝之七勵，皆以七名。意境逐段變化，層深一層，設爲問對。淵源出自楚辭，而體格則自漢賦轉變者也。

枚乘之七發，一爲序，總挈全篇之機，二音樂，三飲食，四車馬，五遊宴，六校獵，七觀潮，八總結。前數章只是鋪排，至第五章之遊宴，中間雜敍山川，詞賦，宮館，魚鳥，草木，聲伎，應接不暇。何焯謂後來曹植之七啓，已將此一章分作數章，文章之厚薄，於斯可見。第六章校獵，分三段寫，逐層加緊，令人色動。第七章觀潮，尤令人驚心駭目，此七發之結構，亦枚叔之文章技術也。

曹植之七啓，一序引，二飲食，三服飾，四遊獵，五宮館，六聲色，七遊俠，八結論。自餘諸作，大略相同。

梁簡文帝之七勵，一總序，二宮館，三服御，四飲饌，五聲伎，六典籍，七武功，八文德。對仗工巧，詞藻綺靡，然而辭勝於情，六朝氣派，不逮古人遠矣。

枚乘七發乃七之祖，後世文體之變化，其組織與結構多與此爲緣。今不辭煩冗，錄此以示其方。

七發

楚太子有疾，而吳客往問之曰，伏聞太子玉體不安，亦少閒乎。太子曰憊，謹謝客。客因稱曰，今時天下安寧，四宇和平，太子方富於年，意者久耽安樂，日夜無極，邪氣襲逆，中若結轖，紛屯澹淡，嘘唏煩醒，惕惕怵怵，臥不得瞑，虛中重聽，惡聞人聲，精神越渫，百病咸生，聰明眩曜，悅怒不平，久執不廢，大命乃傾，太子豈有是乎。太子曰，謹謝客，賴君之力，時時有之，然未至於是也。客曰今夫貴人之子，必宮居而閨處，內有保母，外有傅父，欲交無所，飲食則溫淳甘膬，脭醲肥厚，衣裳則雜遝曼煖，燂爍熱暑。雖有金石之堅，猶將銷鑠而挺解也，況其在筋骨之間乎哉，故曰縱耳目之欲，恣支體之安者，傷血脈之和，且夫出輿入輦，命曰蹷痿之機，洞房清宮，命曰寒熱之媒，皓齒娥眉，命曰伐性之斧，甘脆肥膿，命曰腐腸之藥，今太子膚色靡曼，四支委隨，筋骨挺解，血脈淫濯，手足墮窳，越女侍前，齊姬奉後，往來游醼，縱恣于曲房隱間之中，此甘餐毒藥，戲猛獸之爪牙也，所從來者至深遠，淹滯永久而不廢，雖令扁鵲治內，巫咸治外，尚何及哉，今如太子之病者，獨宜世之君子，博見强識，承閒語事，變度易意，常無離側，以爲羽翼，淹沉之樂，浩唐之心，遁佚之志，其奚由至哉，太子曰諾病已請事此言。

客曰，今太子之病，可無藥石針刺灸療而已，可以要言妙道說而去也，不欲聞之乎。太子曰，僕願聞之。客曰，龍門之桐，高百尺而無枝，中鬱結之輪菌，根扶疏以分離，上有千仞之峰，下臨百丈之谿，湍流遡波，又澹淡之，其根半死半生，冬則烈風漂霰飛雪之所激也，夏則雷霆霹靂之所感也，朝則鸝黃鳱鴠鳴焉，暮則羈雌迷鳥宿焉，獨鵠晨號乎其上，鵾雞哀鳴翔乎其下，於是背秋涉冬，使琴摯斫斬以爲琴，野繭之絲以爲絃，孤子之鉤以爲隱，九寡之珥以爲約，使師堂操暢，伯子牙爲之歌，歌曰，麥秀蔪兮雉朝飛，向虛壑兮背槁槐，依絕區兮臨迴溪，飛鳥聞之，翕翼而不能去，野獸聞之，垂耳而不能行，蚑蟜螻蟻聞之，拄喙而不能前，此亦天下之至悲也，太子能强起聽之乎。太子曰，僕病未能也。

客曰，犓牛之腴，菜以筍蒲，肥狗之和，冒以山膚，楚苗之食，安胡之飰，摶之不解，一啜而散，於是使伊尹煎熬，易牙調和，熊蹯之臑，勺藥之醬，薄耆之炙，鮮鯉之鱠，秋黃之蘇，白露之茹，蘭英之酒，酌以滌口，山梁之餐，豢豹之胎，小飰大歠，如湯沃雪，此亦天下之至美也，太子能彊起嘗之乎太子曰，僕病未能也。

客曰，鍾岱之牡，齒至之車，前似飛鳥，後類距虛，穱麥服處，躁中煩外，羈堅轡，附易路，於是伯樂相其前後，王良造父為之御，秦缺樓季為之右，此兩人者，馬佚能止之，車覆能起之，於是使射千鎰之重，爭千里之逐，此亦天下之至駿也，太子能彊起乘之乎太子曰，僕病未能也。

客曰，既登景夷之臺，南望荊山，北望汝海，左江右湖，其樂無有，於是使博辯之士，原本山川，極命草木，比物屬事，離辭連類，浮游覽觀，乃下置酒於虞懷之宮，連廊四注，臺城層構，紛紜玄綠，輦道邪交，黃池紆曲，溷章白鷺，孔鳥鶤鵠，鵷鶵鵁鶄，翠鬣紫纓，螭龍德牧，邕邕群鳴，陽魚騰躍，奮翼振鱗，漃漻薵蓼，蔓草芳苓，女桑河柳，素葉紫莖，苗松豫章，條上造天，梧桐并閭，極望成林，眾芳芬鬱，亂於五風，從容猗靡，消息陽陰，列坐縱酒，蕩樂娛心，景春佐酒，杜連理音，滋味雜陳，肴糅錯該，練色娛目，流聲悅耳，於是乃發激楚之結風，揚鄭衛之皓樂，使先施徵舒陽文段干吳娃閭娵傅予之徒，雜裾垂髾，目窕心與，揄流波，雜杜若，蒙清塵，被蘭澤，嬿服而御，此亦天下之靡麗皓侈廣博之樂也，太子能彊起游乎。太子曰僕病未能也」

客曰將爲太子馴騏驥之馬，駕飛軨之輿，乘牡駿之乘，右夏服之勁箭，左烏號之彫弓，游涉乎雲林，周馳乎蘭澤，弭節乎江潯，掩青蘋，游清風，陶陽氣，蕩春心，逐狡獸，集輕禽，於是極犬馬之才，困野獸之足，窮相御之智巧，恐虎豹，慴鷙鳥，逐馬鳴鑣，魚跨麋角，履游麕兔，蹈踐麖鹿，汗流沫墜，寃伏陵窘，無創而死者，固足充後乘矣，此校獵之至壯也，太子能彊起遊乎。太子曰僕病未能也，然陽氣見於眉宇之間，侵淫而上，幾滿大宅，客見太子有悅色，遂推而進之曰，冥火薄天，兵車雷運，旍旗偃蹇，羽毛肅紛，馳騁角逐，慕味爭先，徼墨廣博，觀望之有圻，純粹全犧，獻之公門，太子曰善，願復聞之。客曰未旣，於是榛林深澤，煙雲闇莫，兕虎並作，毅武孔猛，袒裼身薄，白刃磑磑，矛戟交錯，收獲掌功，賞賜金帛，掩蘋肆若，爲牧人席，旨酒嘉肴，羞炰膾炙，以御賓客，涌觸並起，動心驚耳，誠必不悔，決絕以諾，貞信之色，形于金石，高歌陳唱，萬歲無斁，此眞太子之所喜也，能彊起而遊乎。太子曰僕甚願從，直恐爲諸大夫累耳，然而有起色矣。

客曰，將以八月之望，與諸侯遠方交遊兄弟，並往觀濤乎廣陵之曲江，至則未見濤之形也，徒觀水力之所到，則卹然足以駭矣，觀其所駕軼者，所擢拔者，所揚汨者，所溫汾者，所滌汔者，雖有心略辭給，固未能縷形其所由然也，怳兮忽兮，聊兮慄兮，混汩汩兮，忽兮慌兮，俶兮儻兮，浩瀇瀁兮，慌曠曠兮，秉意乎南山，通望乎東海，虹洞兮蒼天，極慮乎崖涘，流攬無窮，歸神日母，汨乘流而下降兮，或不知其所止，或紛紜其流折兮，忽繆往而不來，臨朱汜而遠逝兮，中虛煩而益怠，莫離散而發曙兮，內存心而自持，於是澡概胸中，灑練五藏，澹澉手足，頮濯髮齒，揄棄恬怠，輸寫淟濁，分決狐疑，發皇耳目，當是之時，雖有淹病滯疾，猶將伸傴起躄，發瞽披聾而觀望之也，況直眇小煩懣，酲醲病酒之徒哉，故曰發蒙解惑不足以言也。太子曰善，然則濤何氣哉客曰不記也，然聞於師曰，似神而非者三，疾雷聞百里，江水逆流，海水上潮，山出內雲，日夜不止，衍溢漂疾，波湧而濤起，其始起也，洪淋淋焉，若白鷺之下翔，其少進也，浩浩溰溰，如素車白馬帷蓋之張，其波湧而雲亂，擾擾焉如三軍之騰裝，其旁作而奔起也，飄飄焉如輕車之勒兵，六駕蛟龍，附從太白，純馳浩蜺，前後駱驛，顒顒卬卬，椐椐彊彊，莘莘將將，壁壘重堅，沓雜似軍行，訇隱匈礚，軋盤涌裔，原不可當，觀其兩傍，則滂渤怫鬱，闇漠感突，上擊下律，有似勇壯之卒，突怒而無畏，蹈壁衝津，窮曲隨隈，踰岸出追，遇者死，當者壞，初發乎或圍之津涯，荄軫谷分，迴翔青篾，銜枚檀桓，弭節五子之山，通厲胥母之場，淩赤岸，篲扶桑，橫奔似雷行，誠奮厥武，如振如怒，沌沌渾渾，狀如奔馬，混混庉庉，聲如雷鼓，發怒庢沓，清升踰跇，侯波奮振，合戰於藉藉之口，鳥不及飛，魚不及迴，獸不及走，紛紛翼翼，波涌雲亂，蕩取南山，背擊北岸，覆虧丘陵，平夷西畔，險險戲戲，崩壞陂池，決勝乃罷，瀄汩潺湲，披揚流灑，橫暴之極，魚鱉失勢，顛倒偃側，沋沋湲湲，蒲伏連延，神物怪疑，不可勝言，直使人踣焉，洄闇悽愴焉，此天下怪異詭觀也，太子能強起觀之乎，太子曰，僕病未能也。

客曰，將為太子奏方術之士有資略者，若莊周魏牟楊朱墨翟便蜎詹何之倫，使之論天下之釋微，理萬物之是非，孔老覽觀，孟子持籌而算之，萬不失一，此亦天下要言妙道也，太子豈欲聞之乎。於是太子據几而起曰，渙乎若一聽聖人辯士之言，涊然汗出，霍然病已。

李善曰，七發者說七事以起發太子也。可見枚叔之分七段行文，原是隨手拈來，曾無定律，後世仿其體，亦每作必七段，未免膠柱鼓瑟矣。

駢文

兩漢承楚騷之後而爲賦，經魏晉以迄六朝，鮑謝等之作品，漸開出以偶句行文之法門，而駢儷以興。駢文之格局，固純粹以偶句行文者也。試擇錄徐庾作品以爲方

徐陵與楊遵彥書，凡二千五百餘言，乃其本集中之最長篇，亦即人所共知之一篇，節錄其最後一段

吾奉違溫凊，仍處亂離；寇虜猖狂，公私播越。蕭軒靡御，王舫誰持；瞻望鄉關，何心天地。自非生憑廩竹，源出空桑；行路含情，猶其相愍。常謂擇官而仕，非曰孝家；擇仕而趨，非云忠國。況乎欽承有道，騁駕前王；郎吏明經，鴟鳶知禮。巡方省化，咸問高年；東序西膠，皆尊耆耋。吾以圭璋玉帛，通聘來朝。屬世道之屯期，鍾生民之否運，兼年累載，無申元直之祈；銜泣吞聲，長對公閭之怒。……歲月如流，平生何幾。晨看旅雁，心赴江淮；昏望牽牛，情馳揚越。朝千悲而掩泣，夜萬緒而迴腸，不自知其爲生，不自知其爲死也。……足趙魏之黃塵，加幽并之片骨，遂使東平拱樹，

長懷向漢之悲；西洛孤墳，恆表思鄉之夢。

更錄庾信思舊銘如右，文不甚長，可以全錄。

人之戚也，既非金石所移；士之悲也，寧有春秋之異。高臺已傾，稷下有聞琴之泣；壯士一去，燕南有擊筑之悲。項羽之晨起帳中，李陵之徘徊歧路，韓王孫之質趙，楚公子之留秦，無假窮秋，於時悲矣。況復魚飛武庫，預有棄甲之徵；烏伏翟泉，先見橫流之兆。星紀吳亡，庚辰楚滅，紀侯大去，鄅子無歸。原隰藏馳，轘轅長別；中裳失矣，餘皇棄焉。河傾酸棗，杞梓與樗櫟俱流；海淺蓬萊，魚鼈與蛟龍共盡。焚香複道，詎假遊魂；載酒屬車，寧消愁氣。芝蘭蕭艾之秋，形殊而共瘁；羽毛鱗介之怨，聲異而俱哀，所謂天乎，乃曰蒼蒼之氣；所謂地乎，其實摶摶之土。怨之徒也，何能感焉。凋殘殺鬩，無所假於風飆；零落春枯，不足煩於霜露。幕府昔開，賢俊翹首，爲羈終歲、門人謝焉。至於東首告辭，西陵長往；山陽車馬，望別郊門。潁川賓客，遙悲松路，嵇叔夜之山庭、尚多楊柳；王子猷之舊徑，唯餘竹林。王孫葬地，方爲長樂之宮；烈士埋魂，即是將軍之墓。昔嘗歡宴、風月留連，追憶平生，宛然心目。及乎垂翅秦川，關河羈旅，降平悲谷之景，實有憂生之情。羨酒酌焉，猶憶建業之水；鳴琴在操，終思華亭之鶴。更爲此別，嗚呼甚哉。麟亡星落，月死珠傷；瓶罄罍恥，芝焚蕙歎，所望鍾沈德水，聲出風雲，劍沒豐城，氣存牛斗，潸然思舊，乃作銘云（銘略）

此卽所謂駢體文是已。句法排偶，乃其骨幹；新式標點，最足以表見此種文體之組織。大率每兩句一排，四句成偶，非騷非賦，然實由魏晉以後之賦體演變出來，痕迹固歷歷可稽也。

有韻之散文，實肇始於先秦斯翁石刻，兩句一韻者有之，如瑯邪臺刻石是也；三句一韻者有之，如嶧山刻石，泰山刻石，之罘刻石，會稽刻石等是也。諸體俱備。下迨漢世，藝術愈巧，報任安書最後一段，稍加以剪裁，卽成駢體。「從俗浮沈，與時俯仰，」直是駢儷矣。經過漢魏詞賦之陸離燦爛，而迨六朝，雕琢之工日精，剪裁之術益善，駢文之所以獨盛於六朝，非無因也。至若所謂宋四六者，則力矯六朝之鏤刻而略返於自然。但此亦只是文章技術問題，若排偶之結構，則宋四六之與六朝駢體固未見其大異耳。

律賦

漢賦以後，經過「七」之分段組織，又經過「駢體」之以偶句行文，二者會合，而律賦之格局遂以形成試於唐宋律賦中擇其不甚雕琢者，舉二篇以爲例

求玄珠賦 以玄非智求珠以眞得爲韻

白居易

至乎哉，玄珠之爲物也，淵淵緜緜，不知其然。存乎視聽之表，生乎天地之先，亙古不改，與道相全。求之者刳其心，俾損之又損；得之者反其性，乃玄之又玄。玄無音，聽之則希；珠無體，搏之甚微。故以音而求者妄，以體而得者非。倏爾去焉，將杳冥而齊往；忽乎來矣，與罔象而同歸。是以聖人之求玄珠也，捐明聖，薄仁義，索之唯艱，失之孔易，將在乎以心忘心，以智去智。其難得也，劇乎剖巨蚌之胎；其難求也，甚於伺驪龍之睡。妙乎哉，不皎不昧，至明至幽，將致之於馴致，豈求之於躁求？性滑則遺，若合浦之徙去；心虛潛至，同夜室之暗投。然則動爲道樞，靜爲心符，至明不耀，至眞不渝。察之無形，謂有而非有；應之有信，謂無而非無。是以立喻，將爲

至寶，強名謂之玄珠，名不徒爾，喩必有以。以不凝滯爲圓，以不炫耀爲美。蓋外明者不如外明之義，純白者不若虛白之旨。藏於身不藏於川，在乎心不在乎水。」夫唯外其心，頤其神，韜其光，寶其眞。雖無脛而求之必臻。」若乃勞其智，役其神，肆其妄，徇其惑。雖沒齒而求之弗得，則知眞宗奧祕，妙本冥默。珠者無形之形，玄者無色之色，亦何必遊赤水之上，造崑丘之側。苟悟漆園之言，可臻玄珠之極。」

濁醪有妙理賦　以神聖功用無捷於酒爲韻　　　　蘇軾

酒勿嫌濁，人當取醇。失憂心於昨夢，信妙理之凝神。渾盎盎以無聲，始從味入；杳冥冥其似道，經得天眞。」伊人之生，以酒爲命。常因既醉之適，方識此心之正。稻米無知，豈解窮理；麴糵有毒，安能發性。乃知神物之自然，蓋與天工而相並。得時行道，我則師齊相之飲醇；遠害全身，我則學徐公之中聖。」湛若秋露，穆如春風。疑宿雲之解駁，漏朝日之暾紅。初體粟之失去，旋眼花之掃空。酷愛孟生，知其中之有趣；猶嫌白老，不頌德而言功。」兀爾坐忘，浩然天縱。如如不動，而體無礙；了了常知，而心不用。座中客滿，唯憂百榼之空；身後名輕，但覺一杯之重。」今夫明月之珠，不可以襦。夜光之璧，不可以餔。芻豢飽我而不我覺，布帛燠我而不我娛。唯此君獨游萬物之表，蓋天下不可一日而無。在醉常醒，孰是狂人之藥；得意忘味，始知至道之腴。」又何必一石亦醉，罔間州閭；五斛解醒，不問妻妾。結襪庭中，觀廷尉之度量；脫韡殿上，誇謫仙之敏捷。陽醉逷地，常陋王式之褊；歌鳴仰天，每譏楊惲之狹。我欲眠而君且去，有客何嫌；人皆勸而我不聞，其誰敢接。」殊不知人之齊聖，匪昏之如。古者晤語，必旅之於，獨醒者汨羅之道也，屢舞者高陽之徒歟。惡蔣濟之射木人，又何狷淺；殺王敦而取金印，亦自狂疎。」故我內全其天，外寓於酒。濁者以飲吾僕，清者以酌吾友。吾方耕於渺莽之野，而汲於清泠之淵，以釀此醪，然後舉淮樽而屬予口。」

此種格律歷元明以至於清代，其格更嚴。韻脚之字，必須押在每段之末一聯，如此篇「聖」「功」兩韻之類，方為正格。鬥巧於文字之外，亦以知其途窮矣。

試觀律賦之格局，就結構上言之，乃分段組織，與「七」同；就修辭上言之，乃兩句一排，四句成偶，與駢文同。文體之變化，痕跡固甚顯，而途徑亦有必至之符，天下豈有無因之果哉。至於限韻則屬於人爲的造作，無事理之可言矣。

溯自荊楚民族受三百篇之薰淘而成騷，中原民族復接受騷而成賦，宋玉之高唐神女，乃賦之祖，其體爲問答，實始自屈原之卜居漁父。宋乃屈之弟子，秉其師承，亦所宜然，此戰國之賦也。西漢司馬相如之子虛上林，其規模實出自高唐神女，但高唐神女猶是一篇之中設爲問答，子虛上林雖亦各自爲問答，而上林則又答子虛，此則相如有意鬥奇，自炫其氣力之雄厚，所謂欲勝古人者是矣。至若揚雄之甘泉羽獵，則不用問答體而用遊歷體，別開生面，此即所謂避免困難者是也。

自甘泉羽獵開出遊歷體之法門後，而「七」之體遂以興，分篇合作，後世律賦之分段限韻法，其組織實與此相緣，此就結構上言之，漢賦之所以必變爲駢律也。

東漢班固之兩都賦，取格於相如之上林，及揚雄之羽獵，而瑰瑋過之，此即所謂轉變在修辭方面者是矣。張衡之兩京賦亦然，要而論之，西漢之賦，樸茂可愛，東漢則專尚華麗，魏晉則著意雕琢，六朝以後則流於靡曼，蓋自知雍容華貴之難出古人右，遂轉而用雕琢工夫以制勝，殆亦不得已之所爲乎。此就修辭上言之，漢賦之所以必變爲駢律也。

如上所云，就文體結構方面出發，幾經變遷而至於分段組織。就修辭方面出發，幾經變遷而至於以偶句行文二者相合，而駢文與律賦之格局以成，所謂出發點雖不同，而中途會合者此也。

唯詩亦循斯轍。語其轉變之原因，亦有二：一曰西北民族樂歌之加入，一曰才智之士欲覓出路是也。語其途徑，亦有二：一從新舊樂府方面，一從古近體詩方面會合而成是也。試分別論之。

古樂府原是中原詩歌與鮮卑民族之歌謠化合而成。中原民族性尚溫柔婉約，而西北民族性則粗獷率直，觀於三百篇之小戎駟鐵等篇可知。如詩鄘風氓之篇曰，「匪我愆期，子無良媒。將子無怒，秋以爲期」，南北朝之地驅樂歌曰，「月明光光星隨，欲來不來早語我。」二者表示同一之情緒，試一比較，則所謂婉約與率直之分別可見。隨後南北朝之樂府集中於唐，觀於唐代之立部伎八調，如破陣樂等則雜以龜茲樂，其聲震厲；坐部伎六調，如長壽樂小破陣樂等亦用龜茲樂。又立部之慶善，坐部之龍池，則用西涼樂，厥聲閑雅。由此觀之，則南北朝及隋唐間樂府之成分，可以見矣。

詩、詞、曲，均與樂府先後作因緣，今特於言詩之先，述樂府之成分如此。

詩

春秋戰國 古者詩歌合一，凡詩皆可歌，能歌者卽謂之詩。三百篇皆當日之民間歌謠，而名之曰詩，是其例也。是以三百篇多無作者主名、亦如今日之童謠村歌，但發乎天籟，行歌相答，展轉傳播、遂成習誦，初不知其誰氏作也。唯小雅之鴟鴞一篇，則能知作者之名。詩曰、

鴟鴞鴟鴞，既取我子，無毀我室，恩斯勤斯，鬻子之閔斯。

迨天之未陰雨，徹彼桑土，綢繆牖戶，今女下民，或敢侮予。

予手拮据，予所捋荼，予所蓄租，予口卒瘏，曰予未有室家。

予羽譙譙，予尾翛翛，予室翹翹，風雨所漂搖，予維音嘵嘵。

據尚書金縢所記，茲篇乃周公作以感悟成王者。此外如小弁八章，乃周幽王信聽褒姒之讒言，廢太子，太子之師傅作此詩，欲以感動幽王，然卒無效，周遂爲犬戎所滅。錄其三章如下，

弁彼鸒斯，歸飛提提，民莫不穀，我獨於罹，何辜於天，我罪伊何、心之憂矣，云如之何。

踧踧周道，鞫爲茂草，我心憂傷，惄焉如擣，假寐永歎，唯憂用老，心之憂矣，疢如疾首。

惟桑與梓，必恭敬止，靡瞻匪父，靡依匪母，不屬於毛，不離於裏，天之生我，我辰安在。

此外能得作者主名者實已無多，尚有載馳一章，乃許穆夫人作。三百篇有百分之九十爲四字句，七言及五言不過偶或見之而已。五言如召南行露之章曰，

誰謂雀無角，何以穿我屋，誰謂汝無家，何以速我獄。

誰謂鼠無牙，何以穿我墉，誰謂汝無家，何以速我訟。

又如鄭風緇衣之章，女曰雞鳴之章，及大雅緜之章等皆爲五言韻語。三百篇以外雜見於古書者，七言韻語當以禹玉牒辭爲最古。辭曰，

祝融司方發其英。沐日浴月百寶生。

其次則爲飯牛歌曰，

南山矸。白石爛。生不逢堯與舜禪。短布單衣適至骭。從昏飯牛薄夜半。長夜漫漫何時旦。

滄浪之水白石粲。中有鯉魚長尺半。敝布單衣裁至骭。淸朝飯牛至夜半。黃犢上坂且休息。吾

將捨汝朝齊國。

出東門兮厲石班。上有松柏青且闌。麤布衣兮縕褸。時不遇兮堯舜主。牛兮努力食細草。大臣

在汝側吾將與汝適楚國。

歌凡三疊，淮南子載甯戚欲干齊桓公，擊牛角而作此歌，桓公聞之，載於後車，歸而授之政。

又次則爲臨河歌曰，

「狄水衍兮風揚波。舟楫顛倒更相加。歸來歸來胡爲斯。」水經注載孔子適趙，臨河不濟，歎而作歌又獲麟歌曰，

「唐虞世兮麟鳳遊。今非其時兮來何求。麟兮麟兮我心憂。」孔叢子載樵人獲麟，孔子有感而作此歌

又戰國時之漁父歌曰，

日月昭昭乎寖已馳。與子期乎蘆之漪。

日已夕兮予心憂悲。月已馳兮，何不渡爲。事寖急兮可奈何。蘆中人，蘆中人，豈非窮士乎。

據吳越春秋，伍員奔吳，爲追者所迫，匿於江邊蘆葦中。漁父歌此，諷之出而渡之。又如易水歌，

風蕭蕭兮易水寒。壯士一去兮不復還。

此乃荊軻入秦時，同人餞之易水上，高漸離擊筑，荊軻歌而和之。凡此皆戰國以前，三百篇以外，能知作者主名之歌謠也。均屬七言。此外尚有一首最奇特者曰「暇豫歌，」其辭曰，

暇豫之吾吾，不如烏烏。人皆集於菀，己獨集於枯。

則爲五言韻語。國語載優施通於驪姬，歌此以諷里克。凡此悉爲春秋戰國時之歌謠，而雜見於群書者。自漢以後，作者之名較易得矣。如劉邦之大風歌曰，

漢

大風起兮雲飛揚。威加海內兮歸故鄉。安得猛士兮守四方。此劉邦既定天下，還過豐沛，與父老讌飲而歌。又鴻鵠歌曰，

鴻鵠高飛，一舉千里。羽翼既就，橫絕四海。橫絕四海，又可奈何。雖有繒繳，將安所施，

此漢高帝欲立戚夫人之子趙王如意爲太子而不果，作此歌以喻夫人。又如項羽之垓下歌曰，

力拔山兮氣蓋世。時不利兮騅不逝。騅不逝兮可奈何。虞兮虞兮奈若何。

此項羽困於垓下，夜聞漢軍皆楚歌，起飲帳中，歌此以佐虞姬，則此不過略舉以爲例，可見春秋戰國以逮漢初，韻語猶是歌謠，未成詩體。又如漢武帝之秋風辭，

秋風起兮白雲飛。草木黃落兮雁南歸。蘭有秀兮菊有芳。懷佳人兮不能忘。汎樓船兮濟汾河。橫中流兮揚素波。簫鼓鳴兮發棹歌。歡樂極兮哀情多。少壯幾時兮奈老何。

又如落葉哀蟬曲。

羅袂兮無聲。玉墀兮塵生。虛房冷而寂寞，落葉依于重扃。望彼美之女兮，安得感余心之未寧。

此漢武帝思李夫人之作也。武帝此兩首，純是楚辭格調，與戰國及漢初之雜歌謠異矣，然猶未成詩體也。柏梁臺詩忽具七言長古之雛形。但此詩未必爲元封三年柏梁臺初成時作品，沈德潛之辯證頗有力，故不錄其原文。

案此詩乃聯句體，武帝起韻，次句爲梁孝王。沈德潛謂梁孝王薨於孝景之世，下距元封且三十餘年。又光祿勳、大鴻臚、大司農、執金吾、京兆尹、左馮翊、右扶風等皆武帝太初元年所立之官名，不應預見於元封時，又結韻第二句曰「齧妃女脣甘如飴」，乃郭舍人句，大君之前，該舍人未免狂蕩無

禮云。凡此皆有力之反證也。

武帝以後，詩體乃漸成立，如卓文君之白頭吟，

皚皚山上雪，皎皎雲間月，聞君有兩意，故來相決絕。今日斗酒會，明旦溝水頭。躞蹀御溝上，溝水東西流。淒淒復淒淒，嫁娶不須啼。願得一心人，白頭不相離。竹竿何嫋嫋，魚尾何簁簁。男兒重意氣，何用錢刀爲。

此首通篇五言，已具詩體，然而兩句一轉韻，猶是歌謠遺風。至蘇李唱和，後世或尊之爲五言之祖，然而眞僞殊有問題。茲擇錄有力之反證如次。

蘇李贈答與古詩十九首，格律與作風皆相似，當是同時代之作品。劉勰疑之，其言曰，「漢初四言，韋孟首唱，匡諫之義，繼軌周人。孝武愛文，柏梁列韻，嚴馬之徒，屬辭無方。至成帝品錄三百餘篇，朝章國采，亦云周備，而辭人遺翰，莫見五言，所以李陵班婕妤見疑於後代也。」其立論乃根據五言詩發達之先後，頗爲有力。

先兄任公之言曰，「西漢承戰國之後，除少數作者摹倣三百篇作四言詩外，全部文學家之精

力，皆務蛻變楚辭以爲賦。就實質論，則鋪敘多，比興少；就形式論，則多用自行伸縮之長短句，而未有每句之一定字數。乃若行行重行行，皚皚山上雪，攜手上河梁等諸篇，在實質方面則陳旨婉約，寄興深微；在形式方面則雖非如魏晉之講求對偶，齊梁之拘束聲病，然句法調法，皆略有一定音節諧暢流麗，凡此皆與西漢其他作品絕不相類。

先兄又曰：從技術方面批評十九首，第一點特色在善用比興。比興本爲詩六義之二，三百篇所恆用，國風中尤十居七八。降及楚辭，美人芳草，幾舍比興無他技焉。漢人尙質，西京尤甚，其作品大抵賦體多而比興少。長篇之賦，專事鋪敘者無論矣，即間有詩歌，亦多爲情性直遂之傾瀉，實感而十九首始將國風楚辭之技術翻新之，專務附物切情，胡馬越鳥，柏陵澗石，江芙澤蘭，孤竹女蘿，隨手寄興，輒增嫵媚。至如迢迢牽牛星一章，純借牛女作象徵，無一字實寫自己情感，而情感已活躍句下。此種技術，與周公鴟鴞同實，文學界最超越之技術。漢初作品如高帝之鴻鵠歌，劉章之耕田歌，尙有此種境界，後則少見。論者或以含蓄蘊藉爲詩之唯一作法，固屬太偏，然含蓄蘊藉，至少應爲詩中要素之一，此則無論何國何時代之詩人所不能否認也。十九首之價值，全在意內言外，使人心醉，眞意所在，苟非確知其本事，無從索解。但就令不解，而優游涵諷，已移我情。即如迢迢牽牛星一章，非容為牛郎織女發感慨，自無待言。最少亦假之以寫男女戀愛，再進一步是否專寫戀愛，抑更別有寄託，則非作者不能知矣。然讀之則可以養成溫厚之情感，引發優美之趣味，比興體之價值，全在於此。此種詩風，至十九首而大成。後來唐人名作，率皆如此。宋則盛行於詞界，詩中漸少矣。

又曰，十九首雖不講求聲病，然而格律音節，略有定程。大約四句為一解，每一解轉一意境。如行行重行行至各在天一涯為一解，道路阻且長至越鳥巢南枝為一解，相去日以遠至遊子不知返為一解，思君令人老至努力加餐飯為一解。其用字之平仄，按諸王漁洋古詩聲調譜，殆十有九不可移易。試與當時之歌謠樂府比較，雖名之為漢代之律詩，亦無不可。此種詩格，蓋自西漢末五言萌芽之後，經歷多年，始臻此純熟諧美境界，後此五言詩，雖內容實質屢變，而格調形式，總不能出其範圍矣

又曰，從內容實質上研究十九首，則厭世思想之濃厚，現世享樂主義之謳歌，最為其特色。三百篇中之變風變雅，雖憂生念亂之辭不少，至如山有樞之「且以喜樂，且以永日。宛其死矣，他人入室。」此等論調，實不多見。大抵太平之世，詩思安和；喪亂之餘，詩思慘厲。三百篇代表此兩種氣象之

作品，所在多有。然而社會更有將亂未亂之一境界，表面上歌舞歡娛，而骨子裏已是禍機四伏，全社會人無不汲汲顧影，莫或爲百年之計，而但思偷一日之苟安。在此種時代背景之下，厭世的哲學文學，卽應運而生。

此則專就格律結構，比興方面對於蘇李贈答及古詩十九首之時代問題作正面之疑難，言之成理，不能不認爲有力之反證。

詩之格律，自以四言爲最先，但五七言孰爲先後，頗有硏究之價值。此問題論之者衆，歸納羣議，認爲七言發達在五言之先，旣成定論。於雜誌上見有朱君祖英一篇，頗能集諸說之大成，其翻檢之勤，有足多者。擇錄如次。

常人多以爲詩之發達當先有四言，五言次之，七言又次之，其實不然。七言詩之歷史，實遠在五言之先，茲列舉戰國至西漢中葉，其間七言詩或類似七言詩之作品如次：

（一）楚辭招魂篇「魂兮歸來入修門些」以下，若將每句之些字删去，卽是完整之七言詩。大招篇每句之只字亦然。

（二）荀子成相篇「請成相。身之殃。愚闇愚闇墮賢良。」全篇均以兩句三言一句七言組成長短句之韻語。

（三）秦時史游之急就章，「急就奇觚與衆異，羅列諸物名姓字。分別部居不雜廁，用日約少殊快意」全篇儼然一首七古後此西漢字書，皆仿其體黃庭經亦然。此類作品雖無文學上價値，但數七言韻語之典，不容忽諸。

（四）緯書中七言句最多，如孝經緯援神契之「玄立制命帝卯行，」易緯乾鑿度之「太易變教民不倦」之類是也緯書大抵爲先秦之世儒生方士所作。

（五）易水垓下大風諸歌，或並兮字計算，或將兮字刪除，皆成七言詩。例如威加海內歸故鄉，安得猛士守四方，此等句法楚辭中已多有，例如九辯之「悲憂窮戚兮獨處廓，有美一人兮心不懌，去鄉離家兮徠遠客」若將兮字省去，便是七言。至於其中之五言句夾一兮字者，卻不能省去兮字。例如「蕙肴蒸兮蘭藉，奠桂酒兮椒漿，」除卻兮字，便不成文理。

（六）漢高帝時房中歌，「大海蕩蕩水所歸，高賢愉愉民所懷，」乃純粹之七言詩。

（七）武帝時郊祀歌之天門章，「函蒙祉福常若期」以下八句，景星章「空桑琴瑟結信成」以下十二句，皆純粹之七言韻語。

據以上所論列，則自戰國至西漢，七言作品連綿不絕，以後則逐漸稀疏，唯張衡四愁，曹丕燕歌行獨傳，迨建安詩派盛行之後，七言幾乎絕響。鮑照，庾信，始復興長短句歌行，入唐而極盛，七言發展變遷之歷史，大略如此。推原七言句所以發展較早之由，蓋緣秦漢間詩歌，皆從楚辭蛻變而來，音節之舒促相近，卽如風蕭蕭兮易水寒，壯士一去兮不復還，形式上純祖楚辭，而上句合一兮字，下句去一兮字，皆成七言。由楚辭渡入七言，其勢實比五言爲順也。

今進而討論五言詩發展之歷史。劉勰曰「按召南行露，始肇半歌；孺子滄浪，亦有全曲；暇豫優歌，遠見春秋；邪徑童謠，近在成世；閱時取證，則五言久矣」若欲覓取一二斷句作證，則可引者尙不止此，如詩經之胡爲乎泥中，誰謂雀無角，無使尨也吠，期我乎桑中，洞酌彼行潦，宛在水中央，或盡瘁國事等是也。又如左傳引逸詩「昔吾有先正，其言明且淸。」論語記接輿歌「往者不可諫，來者猶可追。」皆不能不謂爲五言句法之遠祖，但全首完整之五言詩，在漢以前終不可獲見，只有戚夫人

歌曰，

予爲王，母爲虜。終日舂薄暮，常與死爲伍。相離三千里，當誰使告汝。

此歌雖以三字句起，但後四句則爲五言。此外別無他詩可尋，若將枚乘蘇李諸篇剔出，則自高帝至武帝八九十年間，除戚夫人歌四句外，更無第二首五言。最當注意者房中郊祀兩篇共三十六章，其中三四六七言皆有，而獨無五言，斯亦奇矣。

此後第二首五言，則爲鐃歌十八章中之上陵章曰，

上陵何美美，下津風以寒。問客從何來，言從水中央。桂樹爲君船，青絲爲君笮。木蘭爲君櫂，黃金錯其間。……甘露初二年，芝生銅池中。仙人下來飲，延壽千萬歲。

此歌中段雖亦有長短句錯雜，但起結均五言。鐃歌年代本難考，諒非同一時期之作，唯此首有甘露初二年之句，則認爲宣帝時作品當無大誤。若是，則應在枚乘等後五六十年，其格調音節猶拙屈如此。

第三首五言，則爲漢書成章時童謠。曰，

邪徑敗良田，讒口亂善人。桂樹華不實，黃爵巢其巔，昔爲人所羨，今爲人所憐，

此歌爲純粹之五言，即劉勰所謂邪徑童謠，近在成世者是也。音節諧協，與後世之五言詩幾無甚分別，但孝成之世，已是西漢之末矣。

西漢二百年間，其年代確鑿可信，絕無問題之五言詩，只此三首。其中二首，猶是長短句相間雜，純粹之一首，又是童謠，可見劉勰所謂詞人遺翰，莫見五言之說，信而有證矣。

以此論之，則蘇李贈答諸篇之眞僞及古詩十九首之年代問題，亦大略可以斷定。非經建安之後，音節與格調不能如此，如不然者，則是五言詩之格律已成立於漢初，厥後中斷三百餘年，至建安諸子然後復興，有此理哉。藉曰有之，則痕跡應亦可尋，必不能戛然而止，倏然而逝也。此則從直覺與考據兩途論斷，蘇李諸篇，亦不能不見疑於後世也。

○要而論之，純粹中原文學之三百篇，其中百分之九十爲四言體。迨戰國之後半期，荊楚文學輸入中原，而七言體遂以興，蓋以七言詩乃脫化於楚騷，誰亦不能否認也。至於成帝品錄二百餘篇，曾無五言，可證五言體之發生，乃在西漢末葉。邪徑童謠，實完整五言詩之最早而最可靠者矣。中國古

代。史，當印度文化未入之先，其與我中原文學相溝通者，在春秋戰國之世則有荆楚民族，在西漢中葉則有西域民族，意者七言詩體之成立在於楚騷輸入，而五言詩體之成立則在於西涼龜茲樂歌之東來也。景武之世，始通西域，而五言詩之發生，乃在成帝時，痕跡不已宛然耶。漢書五行志所載邪徑敗良田之童謠，乃當成帝在位之初葉，而永始元延間之尹賞歌，所謂「安所求子死，桓東少年塲。生時諒不謹，枯骨復何葬。」亦見於漢書。此種作品，當屬草創時代，厥後班固之詠史詩，張衡之同聲歌等，均在東漢初葉，是為五言詩之初期。至末葉蔡邕、孔融等之作品乃漸成熟。迨建安之世，而五言詩之格律，乃成立規模。曹植之詩共八十餘首，多屬五言，錄其贈白馬王彪六首之一，實盛唐杜甫一派之所從出也。其第五首曰，

心悲動我神，棄置勿復陳。丈夫志四海，萬里猶比鄰。恩愛苟不虧，在遠分日親。何必同衾幬，然後展慇懃。憂思成疾疢，無乃兒女仁。倉卒骨肉情，能不懷苦辛。

此詩之本事見本集詩題，緣彼有兩弟，一死別，一生離；此乃贈與那生離者。吾儕試看其表情之技術何如；頭幾句說，遠別也不要緊，要見面亦非不可能。中間幾句說，就算不容易見面罷，但精神相

通也是一樣。極力壓制情感，强自寬慰憂思二句，還含着自責之語氣：謂不要太認眞，愁出個病來更不好。最後兩句，終是不能自抑，熱淚奪眶而出，把上文强作達觀的話，一概取消；彷彿說，弟弟，不要哭，不要哭，但他自己卻先哭起來了。此種技術，能把情感寫得加倍濃摯，此是曹植的文學天才。

古詩十九首，雖無作者主名，但以作風而論，約略應與此同時，所謂蘇李贈答，亦復同此途徑。大約此時之作風，抒情之作品多，而敘事詩尚不甚發達，但有一首怪傑，在此時代之文壇，有如彗星，不獨篇幅之長爲空前所未有，且通篇爲層次續密之敘事詩，雖無作者主名，而本事之主人則有，故咸認爲漢末人作，非無因也。詩曰「孔雀東南飛」乃漢末一不知名之人爲焦仲卿妻作。凡一千七百八十五字，古今第一長詩矣。纏綿悱惻，盡是化工之筆，錄其前後各一段。

孔雀東南飛，五里一裴徊。十三能織素，十四學裁衣。十五彈箜篌，十六誦詩書。十七爲君婦，心中常苦悲。君既爲府吏，守節情不移。賤妾留空房，相見常日稀。雞鳴入機織，夜夜不得息。三日斷五疋，大人故嫌遲。非爲織作遲，君家婦難爲。妾不堪驅使，徒留無所施。便可白公姥，及時相遣歸。……同是被逼迫，君爾妾亦然。黃泉下相見，勿違今日言。執手分道去，各各還家門。生人作死別，恨恨那可論。念與世間辭，千萬不復全。

柏梁臺之七言詩既不足信，則張衡之四愁詩實開七言之祖。錄其一，

我所思兮在太山。欲往從之梁父艱。側身東望涕霑翰，美人贈我金錯刀，何以報之英瓊瑤。路遠莫致倚逍遙，何爲懷憂心煩勞。

此詩共四章，楚騷之轉變也。少陵七歌，實仿其體。張衡生於東漢中葉，安帝永寧間已有文名，此詩乃傷時感事之作，辭旨婉約，猶帶九章遺風。

魏 四言詩當以魏武帝之短歌行爲最雄。

對酒當歌，人生幾何。譬如朝露，去日苦多。慨當以慷，幽思難忘。何以解憂，惟有杜康。青青子衿。悠悠我心。但爲君故，沈吟至今。呦呦鹿鳴，食野之苹。我有嘉賓，鼓瑟吹笙。明明如月，何時可掇。憂從中來，不可斷絕。越陌度阡，枉用相存。契闊談讌，心念舊恩。月明星稀，烏鵲南飛，繞樹三帀，無枝可依。山不厭高，海不厭深。周公吐哺，天下歸心。

又觀滄海一首，

東臨碣石，以觀滄海。水何澹澹，山島竦峙。樹木叢生，百草豐茂。秋風蕭瑟，洪波湧起。日月之行，若出其中；星漢燦爛，若出其裏。幸甚至哉，歌以詠志。

氣雄力厚，是漢代遺風，亦是魏武氣概。短歌行則剛健之中含婀娜，魏武文章，自是不弱。魏文帝亦有短歌行一首，變乃翁之豪邁而為婉約

仰瞻帷幕，俯察几筵。其物如故，其人不存。神靈倏忽，棄我遐遷。靡瞻靡恃，泣涕漣漣。呦呦遊鹿，銜草鳴麑。翩翩飛鳥，挾子巢棲。我獨孤煢，懷此百離。憂心孔疚，莫我能知。人亦有言，憂令人老。嗟我白髮，生一何早。長吟永歎，懷我聖考。曰仁者壽，胡不自保。

此詩自是思親之作，低徊宛轉，具見性情。東漢班氏一門，皆以文章顯，三國曹氏，何獨不然。曹丕之燕歌行，繼張衡四愁詩之後而為七言體，每句用韻，且一韻到底，實開唐人之風。

秋風蕭瑟天氣涼，草木搖落露為霜。羣燕辭歸雁南翔，念君客遊思斷腸。慊慊思歸戀故鄉，君何淹留寄他方。賤妾煢煢守空房，憂來思君不敢忘。不覺淚下霑衣裳。援琴鳴絃發清商，短歌微吟不能長。明月皎皎照我牀，星漢西流夜未央。牽牛織女遙相望，爾獨何辜限河梁。

曹植之七哀詩，規模嚴整。

明月照高樓，流光正徘徊。上有愁思婦，悲歎有餘哀。借問歎者誰，言是蕩子妻。君行踰十年，孤妾常獨棲。君若淸路塵，妾若濁水泥。浮沈各異勢，會合何時諧。願爲西南風，長逝入君懷。君懷良不開，賤妾當何依。

王粲亦有七哀詩一首，

西京亂無象，豺虎方遘患。復棄中國去，委身適荊蠻。親戚對我悲，朋友相追攀。出門無所見，白骨蔽平原。路有饑婦人，抱子棄草間。顧聞號泣聲，揮涕獨不還。未知身死處，何能兩相完。驅馬棄之去，不忍聽此言。南登霸陵岸，迴首望長安。悟彼泉下人，喟然傷心肝。

此諸首不獨將五言詩嚴肅之規模確立，且大開唐人之風。杜工部最有名之三吏三別，卽從此出。「未知身死處，何能兩相完」卽垂老別「未知是死別，且復傷其寒」之前身矣。

陳孔璋之飲馬長城窟行，實香山樂府之祖。

飲馬長城窟，水寒傷馬骨。往謂長城吏，愼莫稽留太原卒。官作自有程，舉築諧汝聲。男兒寧當格鬥死，何能怫鬱築長城。長城故連連，連連三千里。邊城多健少，內舍多寡婦。作書與內舍，便嫁莫留住。善侍新姑嫜，時時念我故夫子。報書往邊地，君今出語一何鄙。身在禍難中，何爲稽留他家子。生男慎莫舉，生女哺用脯。君獨不見長城下，死人骸骨相撐拄。結髮行事君，慊慊心意關明知邊地苦，賤妾何能久自全。

沈德潛曰，詩自蘇李以後，陳思繼起，父兄多才，渠尤獨步。鄴下諸子，各自成家，自是建諸人之作品上承漢聲，下啓唐風，在文學史上實佔一重要地位。

〔晉〕張茂先華勵志詩九首，何四言；每首八句，裁剪整齊，已一變漢魏之格。錄其二，

太儀斡運，天迴地游，四氣鱗次，寒暑環周。星火既夕，忽焉素秋，涼風振落，熠燿宵流。吉士思秋，實感物化，日與月與，荏苒代謝，逝者如斯，曾無日夜，嗟爾庶士，胡寧自舍。

阮嗣宗籍詠懷二十首，可稱建安以後之傑作，五古至此，波瀾愈壯闊矣。錄其二，

湛湛長江水，上有楓樹林，皋蘭被徑路，青驪逝駸駸。遠望令人悲，春風感我心。三楚多秀士，朝雲進荒淫。朱華振芬芳，高蔡相追尋。一爲黃雀哀，淚下誰能禁。

獨坐空堂上，誰可與歡者。出門臨永路，不見行車馬。登高望九州，悠悠分曠野。孤鳥西北飛，離獸東南下。日暮思親友，晤言用自寫。

陸士衡機之作品專尚對仗，開出排偶一派，錄其君子行一首。

天道夷且簡，人道嶮而難。休咎相乘躡，翻覆若波瀾。去疾苦不遠，疑似實生患。近火固宜熱，履冰豈惡寒。掇蜂滅天道，拾塵惑孔顏。逐臣尚何有，棄友焉足歎。福鍾恒有兆，禍集非無端。天損未易辭，人益猶可懽。朗鑒豈遠假，取之在傾冠。近情苦自信，君子防未然。

陸士龍雲亦同此途徑，錄爲顧彥先贈婦一首。

我在三川陽，子居五湖陰。山海一何曠，譬彼飛與沈。目想清慧姿，耳存淑媚音。獨寐多遠念，寤言撫空衿。彼美同懷子，非爾誰爲心。

對仗工巧，爲漢魏所未有，有之則自二陸始。潘陸齊名，而安仁詩品則異是。錄其悼亡三首之一，自是深於情者。

皎皎窗中月，照我室南端。清商應秋至，溽暑隨節闌。凜凜涼風升，始覺夏衾單。豈曰無重纊，誰與同歲寒。歲寒無與同，朗月何朧朧。展轉盼枕席，長簟竟牀空。牀空委清塵，室虛來悲風。獨無李氏靈，髣髴覩爾容。撫衿長歎息，不覺涕沾胸。沾胸安能已，悲懷從中起。寢興目存形，遺音猶在耳。上慚東門吳，下愧蒙莊子。賦詩欲言志，此志難具紀。命也可奈何，長戚自令鄙。

左太沖思詠史八首，允爲傑作，風格矯健，實開淵明之端。錄其一。

弱冠弄柔翰，卓犖觀羣書。著論準過秦，作賦擬子虛。邊城苦鳴鏑，羽檄飛京都。雖非甲冑士，疇昔覽穰苴。長嘯激清風，志若無東吳。鉛刀貴一割，夢想騁良圖。左眄澄江湘，右盼定羌胡。功成不受爵，長揖歸田廬。

此乃第一首，蓋太沖自道。其後每首亦非專詠一人或一事，詠史而已。天然去雕飾，矯健之氣，唯淵明能追之。

陶淵明之文學，純任自然，無美不備。魏晉詩品，上挹兩漢之流波，下開四唐之矩範。魏初之子建，晉末之淵明，可作此時期之代表。一始一終，若造物之有意安排，亦異數矣。錄其擬古九首之一。

迢迢百尺樓，分明望四荒。暮作歸雲宅，朝爲飛鳥堂。山河滿目中，平原獨茫茫。古來功名士，慷慨爭此場。一旦百歲後，相與還北邙。松柏為人伐，高墳互低昂。頹基無遺主，游魂在何方。榮華誠足貴，亦復可憐傷。

詠荊軻一首。

燕丹善養士，志在報強嬴。招集百夫良，歲暮得荊卿。君子死知己，提劍出燕京。素驥鳴廣陌，慷慨送我行。雄髮指危冠，猛氣衝長纓。飲餞易水上，四座列羣英。漸離擊悲筑，宋意唱高聲。蕭蕭哀風逝，淡淡寒波生。商音更流涕，羽奏壯士驚。心知去不歸，且有後世名。登車何時顧，飛車入秦庭。凌厲越萬里，逶迤過千城。圖窮事自至，豪主正怔營。惜哉劍術疏，奇功遂不成。其人雖已沒，千載有餘情。

此外如歸田園、移居、飲酒、讀山海經諸篇；無一不佳。此非詩選，不過每家錄其一二，以示變化之痕迹而已。

六朝詩品至南北朝而放一異彩。南北兩派，韻味殊相絕。南朝亦分兩派，一宗淵明，即謝鮑等是也。一宗潘陸，即顏延之等是也。刻意雕琢而漸趨柔靡。北朝以加入新民族之故，文化起一大衝動而含元進活潑之氣，餘風直達於盛唐。

〔宋〕謝康樂靈運之遊覽詩，自然流麗，直追淵明；但淵明之自然，其美在眞；康樂之自然，則追眞返朴而已，此其所以異也。康樂之遊覽詩，類多佳作，錄其石壁精舍還湖中一首。

昏旦變氣候，山水含淸暉。淸暉能娛人，遊子憺忘歸。出谷日尚早，入舟陽已微。林壑斂暝色，雲霞收夕霏。芰荷迭映蔚，蒲稗相因依。披拂趨南徑，愉悅偃東扉。慮澹物自輕，意愜理無違。寄言攝生客，試用此道推。

韻味甚佳，但於自然之中已微露雕琢痕，此其所以不逮淵明。然而淵明豈易幾及哉，得其一體，可以名家矣。

鮑明遠照之樂府，促節悲涼，其行路難一篇，實開七言長古之祖。此詩分八段，實則合爲一首，錄其第一段。

奉君金卮之美酒，瑇瑁玉匣之雕琴。七綵芙蓉之羽帳，九華蒲萄之錦衾。紅顏零落歲將暮，寒光宛轉時欲沈。願君裁悲且減思，聽我抵節行路吟。不見柏梁銅雀上，寧聞古時淸吹音。

張衡之四愁詩，雖已成立七言之格，但後來之七古，實本於茲篇。謝鮑而外，同時有所謂竹林七賢，卽山濤、王戎、嵇康、阮籍、劉伶、阮咸、向秀是也。作品同是晉人風味，阮嗣宗足以代表之，不遍舉矣。同時與謝鮑齊名者有顏延年（延之）詩品以雕鏤勝，是六朝正宗。其五君詠五首，每首八句；秋胡詩九首，每首十句。裁翦整齊，實開唐代律詩之風。各錄其一。

五君詠　嵇康

中散不偶世，本自餐霞人。形解驗默仙，吐論知凝神。立俗迕流議，尋山洽隱淪。鸞翮有時鎩，龍性誰能馴。

秋胡詩

椅梧傾高鳳，寒谷待鳴律。影響豈不懷，自遠每相匹。婉彼幽閑女，作嬪君子室。峻節貫秋霜，明豔作朝日。嘉運既我從，欣願自此畢。

〔齊〕謝玄暉（朓）之詩，輕清秀麗，其五言小品，實開唐人絕句之宗。錄其短章數首。

夕殿下珠簾，流螢飛復息。長夜縫羅衣，思君此何極。（玉階怨）

渠碗送佳人，玉杯邀上客。車馬一東西，別後思今夕。（金谷聚）

佳期期未歸，望望下鳴機。徘徊東陌上，月出行人稀。（有所思）

戚戚苦無悰，攜手共行樂。尋雲陟累榭，隨山望菌閣。遠樹曖芊芊，生煙紛漠漠。魚戲新荷動，鳥散餘花落。不對芳春酒，還望青山郭。（遊東田）

灞涘望長安，河陽視京縣。白日麗飛甍，參差皆可見。餘霞散成綺，澄江靜如練。喧鳥覆春洲，雜英滿芳甸。去矣方滯淫，懷哉罷歡宴。佳期悵何許，淚下如流霰。有情知望鄉，誰能鬒不變。（晚登三山還望京邑）

「魚戲新荷動，鳥散餘花落，」「餘霞散成綺，澄江靜如練，」雕琢工緻，丰韻瀟灑，狀物之工，意境之妙，都是上乘，是六朝雋品。

孔德璋稚圭之五言小品亦可追踪玄暉，如遊太平山一首。

石險天貌分，林交日容缺。陰澗落春榮，寒巖留夏雪。

【梁】梁武帝之西洲曲，實開初唐古體之風。

憶梅下西洲，折梅寄江北。單衫杏子紅，雙鬢雅雛色。西洲在何處，雙槳橋頭渡。日暮伯勞飛，風吹烏桕樹。樹下即門前，門中露翠鈿。開門郎不至，出門采紅蓮。采蓮南塘秋，蓮花過人頭。低頭弄蓮子，蓮子清如水。置蓮懷袖中，蓮心徹底紅。憶郎郎不至，仰首望飛鴻。鴻飛滿西洲，望郎上青樓。樓高望不見，盡日闌干頭。闌干十二曲，垂手明如玉。卷簾天自高，海水搖空綠。海水夢悠悠，君愁我亦愁。南風知我意，吹夢到西洲。

描寫女性，婉貼旖旎，可作南朝代表。初唐張若虛之春江花月夜等長古，以清淡寫濃情，實由此出。此詩合多數絕句而成一長篇，是別開生面。中唐白居易之長恨歌，格調亦由此出。

梁元帝詠陽雲樓簷柳一首，實唐人五律之祖。

楊柳非花樹，依樓自覺春。枝邊通粉色，葉裏映紅巾。帶日交簾影，因風掃席塵。拂簷應有意，偏宜桃李人。

中二聯對偶，首尾不對，韻味與格調，純是五律。

沈休文約之作品於南朝柔豔之中，復帶渾厚，可稱此時代之大家。錄其別范安成一首。

生平少年日，分手易前期。及爾同衰暮，非復別離時。勿言一樽酒，明日難重持。夢中不識路，何以慰相思。

杜少陵夢李白之「恐非平生魂，路遠不可測」與此首之「夢中不識路，何以慰相思」同一韻味

又詠月一首，專從庭院著筆，而月色自見。意境細膩，是六朝本色。

月華臨靜夜，夜靜滅氛埃。方暉竟入戶，圓影隙中來。高樓切思婦，西園遊上才。網軒映珠綴，應門照綠苔。洞房殊未曉，清光信悠哉。

方暉圓影等字，一味纖巧。切思婦、遊上才、信悠哉等句則更纖小而薄弱矣。舉此與漢魏較，可以得其變遷之痕迹。

江文通淹，才華絕代，其雜體詩三十首，摹擬古人，各盡其妙。但創造之能力太少。古別離一首，韻味尚濃厚。

遠與君別者，乃至雁門關。黃雲蔽千里，遊子何時還。送君如昨日，簷前露已團。不惜蕙草晚，所悲道里寒。君在天一涯，妾身長別離。願一見顏色，不異瓊樹枝。兔絲及水萍，所寄終不移

〔陳〕南朝詩體，至陳而氣骨更弱矣。然而雕鏤工整，實開唐代律詩之風。如江總之南還尋草市宅一首。

紅顏辭鞏洛，白首入轘轅。乘春行故里，徐步采芳蓀。逕毀悲求仲，林殘憶巨源。見桐猶識井，看柳尚知門。花落空難遍，鶯啼靜易諠。無人訪語默，何處叙寒溫。百年獨如此，傷心豈復論。

「見桐猶識井，看柳尚知門」等句，直是排律體矣。

江總之閨怨篇，甚似唐人七律。

寂寂青樓大道邊，紛紛白雪綺窗前。池上鴛鴦不獨自，帳中蘇合還空然。屏風有意障明月，燈火無情照獨眠。遼西水凍春應少，薊北鴻來路幾千。願君關山及早度，照妾桃李片時妍。

起二句用韻，二三兩聯對偶，竟是七律格調。然而詩至六朝，實有不能不轉之勢。蓋由漢魏之雄厚而變爲兩晉之精警，齊梁之雕鏤，陳隋之靡嫚，其氣已竭，其途亦窮，文體之始盛終衰，公例實緣於此。

〔北魏〕中原固有之文學，表現於三百篇，以溫柔敦厚爲宗旨。春秋戰國之際，南方之荊楚民族加入，本其固有之半神祕性思想，與中原文化相混合，而放一異彩。南北朝時代，西北之五胡加入，用中國文字以發表其亢爽率直之情感而中原文化又放一異彩。三百篇之秦風，如小戎、駟鐵、無衣諸篇，雖已略透露西北民族性之消息，但未能窺其全，至南北朝乃盡量表現，試以文學眼光分別觀察此時期，則見一方柔媚，一方爽直，最爲有趣。如：

北魏胡太后之李波小妹歌，

李波小妹字雍容。褰裙逐馬如轉蓬。左射右射必疊雙，女子尚如此，男子安可逢。

咸陽王歌，

可憐咸陽王，奈何作事誤。金牀玉几不能眠，夜踏霜與露。洛水湛湛彌岸長，行人那得渡。

白楊花，

陽春二三月，楊柳齊作花。春風一夜入閨闥，楊花飄蕩落南家。含情出戶脚無力，拾得楊花淚沾臆。春去秋來雙燕子，願銜楊花入窠裏。

北魏楊華，貌魁梧而有勇，胡太后逼通之，楊懼禍，率其部曲南投於梁，太后作此以寫幽思，使宮人聯臂蹋歌。此等作品，可謂赤裸裸毫不隱瞞，以此言真，更無有真於此者矣。

北齊　斛律金之敕勒歌，千古絕調；它不修飾，而環境、情緒、個性，一齊表現於二十七字中。

敕勒川，陰山下。天似穹廬，籠蓋四野。天蒼蒼，野茫茫，風吹草低見牛羊。

顏之推作品亦是朴茂，一路錄其從周入齊夜度砥柱一首。

俠客重艱辛，夜出小平津。馬色迷關吏，雞鳴起戍人。露鮮華劍彩，月照寶刀新。問我將何去，北海就孫賓。

洵是北朝風味，然已完全是一首正格五言律詩矣。

馮淑妃感琵琶絃一首。

雖蒙今日寵，猶憶昔時憐。欲知心斷絕，應看膝上絃。

情真意婉，韻味天然，雖在婉約之中，猶帶率直，是北方氣味，不與南朝同。

北周　庾子山信之文學，雖不脫六朝雕琢，而獨饒清氣，六朝人之詩，品只求得佳句，詩之格局不顧也。子山則不然，此其所以異乎流俗。錄其擬詠懷八首之一。

疇昔國士遇，生平知己恩。直言珠可吐，寧知炭可吞。一顧重尺璧，千金輕一言。悲傷劉孺子，悽愴史皇孫，無因同武騎，歸守霸陵園。

所擬者自是阮籍詠懷，然韻味遠不如嗣宗之厚。又詠梅花一首。

當年臘月半，已覺梅花闌。不信今春晚，俱來雪裏看。樹動懸冰落，枝高出手寒。早知覓不見，眞悔著衣單。

重別周尙書一首，

陽關萬里道，不見一人歸。唯有河邊雁，秋來向南飛。

庾信之詩不如其文，然重意境而不務雕琢在六朝之中亦算能自樹者矣

〔隋〕隋煬帝頗能詩，如飲馬長城窟行，白馬篇等氣象似頗闊大，然只是有意作雄豪之帝王語，骨力終不濟。薛道衡、虞世基等着意聲律，與初唐之近體頗有因緣，楊素最奇，詩歌淸高，不肯其爲人。錄其山齋獨坐二首之一。

居山四望阻，風雲竟朝夕。深溪橫古樹，空巖臥幽石。日出遠岫明，鳥散空林寂。蘭庭動幽氣，竹室生虛白。落花入戶飛，細草當階積。桂酒徒盈樽，故人不在席。日落山之幽，臨風望羽客

復有不得作者主名之長篇名作二首，一曰隴西行，

天上何所有、歷歷種白榆。桂樹夾道生、青龍對道隅。鳳皇鳴啾啾，一母將九雛。顧視世間人，為樂甚獨殊。好婦出迎客、顏色正敷愉。伸腰再拜跪．問客平安無。請客北堂上、坐客氈氍毹、清白各異樽，酒上正華疏，酌酒持與客、客言主人持。卻略再拜跪、然後持一杯。談笑未及竟、左顧敕中廚，促令辦麤飯，慎莫使稽留。廢禮送客出，盈盈府中趨。送客亦不遠，足不過門樞。取婦得如此，齊姜亦不如。健婦持門戶，亦勝一丈夫。

一曰木蘭詩，以過長不錄。隴西行自好婦出迎客之後，此等少婦非南朝人理想之所能構造木蘭詩所描寫之少女亦非南朝人理想之所能摹擬故此二篇雖不得作者主名，然可以決其為北朝文學。沈德潛之古詩源，斷木蘭詩為梁人作，未知何所據．或者以詩中所敘之行程，乃辭家而至黃河，而至黑水，而至陰山、步步北上，而認為南軍北伐，亦未可知．但持此以為理由、未免薄弱．詩中稱其君曰可汗、南朝那得有此．若曰此詩乃文人之虛構，並無本事、則以其描寫女性之方式斷之，更非南朝矣

唐

詩至唐代、乃如萬流所宗、匯為大海、小大精粗，無美不備。經過漢魏之含蓄蘊藉至初唐

一變而爲長言永歎如張若虛李嶠一派是也經過北朝之慷慨悲歌至盛唐乃變爲縱橫馳驟，如李杜一派是也

初唐詩人初唐七言古體之風特爲低徊宛轉以輕淡之筆寫濃情變漢魏之宛約而爲長歎如張若虛之春江花月夜、

春江潮水連海平海上明月共潮生灩灩隨波千萬里，何處春江無月明。江流宛轉繞芳甸月照花林皆如霰。空裏流霜不覺飛，汀上白沙看不見。江天一色無纖塵，皎皎空中孤月輪江畔何人初見月，江月何年初照人。人生代代無窮已，江月年年只相似不知江月待何人，但見長江送流水。白雲一片去悠悠。青楓江上不勝愁。誰家今夜扁舟子，何處相思明月樓。可憐樓上月徘徊，應照離人妝鏡臺玉戶簾中捲不去，擣衣砧上拂還來。此時相望不相聞願逐月華流照君鴻雁長飛光不度，魚龍潛躍水成紋昨夜閑潭夢落花可憐春半不還家江水流天去欲盡，江潭落月復西斜斜月沈沈藏海霧碣石瀟湘無限路。不知乘月幾人歸落月搖情滿江樹。

此詩每四句一轉韻，似合多首七絕而成一長篇，格律仿梁武帝之西洲曲，唐代長古實多宗之此種

作品，不是迴激，亦不是促節，乃用和平中聲而出以搖曳，是三百篇正脈。又李嶠之汾陰行，

君不見、昔日西京全盛時汾陰后土帝親祠。齋宮宿寢設廚供、撞鐘鳴鼓樹羽旗漢家四葉才且雄，賓延萬靈朝九戎柏梁賦詩高宴罷，詔書法駕幸河東河東太守親掃除奉迎至尊道鑾與五營將校列容衛，三河縱觀空里閭。回旗駐蹕降靈場焚香奠醑邀百祥，金鼎發食正焜煌。靈祇煒燁攄景光。埋玉陳牲禮神畢，舉麾上馬乘輿出。彼汾之曲嘉可遊，木蘭爲檝桂爲舟櫂歌微吟綵鷁浮，簫鼓哀鳴白雲秋。歡娛宴洽賜羣后，家家復除戶牛酒。聲明動天樂無有千秋萬歲南山壽自從天子向秦關。玉輦金輿不復還，珠簾羽蓋長寂寞，鼎湖龍影安可攀，千齡人事一朝空，四海爲家此路窮。雄豪意氣今何在，壇場宮館盡蒿蓬，路逢故老長歎息世事迴環不可測昔時青樓對歌舞，今日黃埃聚荊棘山川滿目淚沾衣，富貴榮華能幾時，不見只今汾水上，唯有年年秋雁飛

韻叶錯落，格律與春江花月夜微異。天寶末，明皇乘春登勤政樓，命梨園子弟歌數闋，至山川滿目以下四句，帝問誰氏詩，左右對以李嶠，因淒然淚下，遽起曰，嶠眞才子也。其年幸蜀，登白衛嶺，又歌是詞；

上復曰，嶠誠才子也，又劉希夷之白頭吟曰，

洛陽城東桃李花，飛來飛去落誰家，閨中兒女惜顏色，坐見落花長歎息。今年花落顏色改，明年花開復誰在，已見松柏摧爲薪，更聞桑田變成海，古人無復洛城東，今人還對落花風，年年歲歲花相似，歲歲年年人不同，寄言全盛紅顏子，須憐半死白頭翁，此翁白頭眞可憐，伊昔紅顏美少年，公子王孫芳樹下，淸歌妙舞落花前，光祿池臺開錦繡，將軍樓閣畫神仙，一朝臥病無相識，三春行樂在誰邊，宛轉蛾眉能幾時，須臾鶴髮亂如絲，但看古來歌舞地，唯有黃昏鳥雀飛

凡此諸家，是初唐代表，是詩學之正聲，直接傳三百篇之遺音，中唐白香山從此一轉變，明末吳梅村再一轉變，但愈變而愈卑弱矣，律絕之體，亦起於初唐，沈佺期、宋之問二人實創之，即所謂沈宋近體是也，至盛唐而近體詩乃大興，蓋以五古七古之疆域，已被漢魏及初唐之作家佔盡，難出其範圍，於是才智之士，乃從律詩絕句方面開拓境界，在此時期內，奇才叢出，而以杜甫爲最雄，錄元微之作杜子美墓誌銘於後，讀之不唯可以認識子美之地位，即唐以前詩體之變化，亦得以知其概矣。

銘曰，余讀詩至杜子美，而知古人之才，有所總萃焉。始堯舜之君臣，以賡歌相和，是後詩人繼作，歷夏殷周千餘年。仲尼緝拾選練，取其干預教化之尤者三百篇，其後無聞焉。騷人作而怨憤之態繁然，猶去風雅日近，尚相比擬。秦漢以還，采詩之官既廢，天下俗謠民謳，歌頌諷賦，曲度嬉戲之詞，亦隨時間作。至武帝賦柏梁詩而七言之體具，蘇子卿李少卿之徒，尤工爲五言；雖句讀文律，各異雅鄭之音，而詞意闊遠，指事言情，自非有爲而爲，則文不妄作。建安之後，天下之士，遭罹兵戰，曹氏父子、鞍馬間爲文，往往橫槊賦詩，故其遒文壯節，抑揚怨哀悲離之作，尤極於古，晉世風概猶存。宋齊之間、教失根本，士以簡慢矯飾相尚，文章以風容色澤放曠精清爲高，蓋吟寫性靈，流連光景之文也，意義格力無取焉。陵遲至梁陳，淫豔刻飾佻巧小碎之詞，又宋齊之所不取。唐興學官，大振歷世之文，能者互出、而又沈宋之流，研練精切，穩順聲勢，謂之爲律詩。由是而後，文變之體極焉。而又好古者遺近，務華者去實，效齊梁則不逮於晉魏，工樂府則力屈於五音，律切則骨格不有，閑暇則纖穠莫備。至於子美、所謂上薄風雅，下該沈宋，言奪蘇李，氣吞曹劉，掩顏謝之孤高，雜徐庾之流麗，盡得古今之體勢、而兼昔人之所獨專矣。如使仲尼考鍛，其旨要尚不知貴其多乎哉。苟以爲能所不能，無可無不可、則詩人以來、未有如子美者。是時山東人李白，亦以奇文取稱，時人謂之李杜。余觀其壯浪縱恣，擺去拘束，摸寫物象，及樂府歌詩，誠亦差肩於子美。至若鋪陳終始，排比聲韻，大或千言，次猶數百，詞氣豪邁而風調清深，屬對律切而脫棄凡近，則李尚不能歷其藩翰，況堂奧乎。

此文可謂推崇備至，且上下千古，批評褒貶，亦各得其平。微之後於子美，約略不過一二十年，當代人之評論，誠可據也。未觀盛唐，先言沈宋，庶可窺律詩之淵源。

元稹曰，沈宋之流，研鍊精切，穩順聲勢，謂之爲律詩。宋計有功曰，魏建安後訖江左，詩律屢變，至沈約庾信，以音韻相尙，屬對精密。及沈佺期、宋之問，又加靡麗，如錦繡成文，學者宗之，號爲沈宋。語曰，蘇李居前，沈宋比肩，由此觀之，則律詩胚胎於南北朝至初唐而規模成立，從可知矣。

沈佺期陪幸太平公主南莊詩（七律）

主第山門起灞川。宸遊風景入初年。鳳皇樓下交天仗，烏鵲橋頭敞御筵。往往花間逢綵石，時時竹裏見紅泉。今朝扈蹕平陽館，不羨乘槎雲漢邊。

九日臨渭亭（五律）

御氣幸金方。憑高薦羽觴。魏文頒菊蕊，漢武賜萸房。秋美銅池色，晴添玉樹光。年年重九慶，日月奉天長。

上巳陪駕渭濱（七絕）

寶馬香車清渭濱。紅桃碧柳禊堂春。皇情尙憶垂竿佐，天瑞先呈捧劍人。

宋之問芙蓉園應制（五律）

芙蓉秦地沼，盧橘漢家園。谷轉斜盤徑，江迴曲抱源。風來花自舞，春入鳥能言。侍宴瑤池夕，歸途笳吹繁。

陪幸公主南莊（七律）

青門路接鳳皇臺。素滻宸遊龍騎來。澗草自迎香輦合，巖花應對御筵開。文移北斗成天象，酒近南山作壽杯。此日侍臣將石去，共歡明主錫金迴。

詠省壁畫鶴（五絕）

粉壁圖仙鶴，昂藏眞氣多。鶱飛竟不去，當是戀恩波。

陪遊苑遇雪（七絕）

紫禁仙輿詰旦來。青旗遙倚望春臺。不知庭霰今朝落，疑是林花昨夜開。

沈佺期宋之問二人之品格不足取，始附張易之，及敗貶瀧州，逃歸，復附武三思，又諂事太平公主。中宗時，太平公主嫉之，發其贓，貶越州。睿宗立，以二人險盈惡，詔流欽州賜死。

又劉希夷之白頭吟，載於宋之問集中，初劉作此詩，自覺「明年花開復誰在」「歲歲年年人不同」等句之不祥，未周歲，果為奸人所殺。或曰宋殺之而竊其詩，迨孫翌撰正聲集，發其覆，希夷之名乃大振。二人之品行如此。然近體詩之格律實由彼等所完成，當其謫居於外之作品，猶流傳於京師也。

初唐除上列五人外，尚有賀知章、張九齡、及王、楊、盧、駱，皆當代知名之士。茲篇與文學史之體裁異，故但就變化上舉數人作代表，餘不備錄。

盛唐 詩至盛唐而波瀾愈壯闊，王漁洋詩話曰，

「唐人於六朝，率攬其菁華，汰其蕪蔓，可為學古者法，蓋自陳子昂追建安之風，開元之際，張曲江

繼之，李白又繼之。沈宋集律體之成，而王、孟、高、岑、益爲華贍。子美兼擅古律，是盛唐之宗矣。言五律者皆宗王、孟、韋、柳。錄王維二首以作代表。

終南山

太乙近天都，連山到海隅。白雲迴望合，青靄入看無。分野中峯變，陰晴衆壑殊。欲投人處宿，隔水問樵夫。

此之謂律詩，亦曰近體詩。每首八句，分四聯，二三兩聯必須對偶，一四則不必，然亦有四聯對偶者。如：

已恨親皆遠，誰憐友復稀。君王未西顧，游宦盡東歸。塞闕山河淨，天長雲樹微。方同菊花節，相待洛陽扉。

此首一四兩聯亦對偶。又如：

冬晚對雪

寒更傳曉箭，清鏡覽衰顏。隔牖風驚竹，開門雪滿山。灑空深巷靜，積素廣庭閑。借問袁安舍，翛然尙閉闔。

此首則一二三聯對偶，而第四聯不對偶，可見中二聯必須對偶，乃律詩之律，一四兩聯可隨意也。

盛唐詩人，王、孟、高、岑而外，至李杜而波瀾愈壯闊。杜工部集，無美不備，古體如三吏新安吏石壕吏潼關吏三別新婚別垂老別無家別同谷七歌等，近體七言律如秋興八首，諸將五首，詠懷古跡五首等，幾於婦孺皆知。茲篇非詩選，且亦美不勝收，前錄元微之作杜公墓誌，已足見杜甫在文學史上所佔之地位，茲更錄秦少游進論一篇如左。

杜子美之於詩，實積衆流之長，適當其時而已。昔蘇武李陵之詩，長於高妙；曹植劉楨之詩，長於豪逸；陶潛阮籍之詩，長於沖澹；謝靈運鮑照之詩，長於峻潔；徐陵庾信之詩，長於藻麗。於是子美窮高妙之格，極豪逸之氣，包沖澹之趣，兼峻潔之姿，備藻麗之態，而諸家之作所不及焉。然不集諸家之長，子美亦不能獨至於斯也，豈非適當其時故耶。孟子曰，伯夷聖之淸者也，伊尹聖之任者也，柳下惠聖之和者也，孔子聖之時者也。孔子之所謂集大成，嗚呼，子美亦集詩之大成歟。

讀此則杜甫在文學界之地位，愈見分曉。上集漢魏六朝之大成而下開中晚唐之派別。中唐元白之古體，韋柳之五律，晚唐溫李之七律，莫不挹其流，詩聖之名，蓋有由矣。

【中唐】言五律者稱王、孟、韋、柳。王孟生於大曆之先，而韋柳則在其後。若以四唐之段落言之，則韋柳固中唐之人物也。韋應物寄全椒山中道士一首，意境與韻味，猶是盛唐。

今朝郡齋冷，忽念山中客。澗底束荊薪，歸來煮白石。欲持一瓢酒，遠寄風雨夕。落葉遍空山，何處尋行跡。

中唐之古體有白居易，近體有元稹，可作時代之代表。白居易之長恨歌、琵琶行、秦中吟、新樂府等，是其模範作品。元稹悼亡三首，堪稱絕調，不雕琢之七律而情致纏綿，堪稱創格，錄其一首。

昔日戲言身後意，今朝都到眼前來。衣裳已施行看盡，鍼線猶存未忍開。尚想舊情憐婢僕，也曾因夢送錢財。誠知此恨人人有，貧賤夫妻百事哀。

韓愈生於代宗大曆三年戊申，白居易生於大曆七年壬子，元稹生於德宗建中元年庚申，少於白八歲，卒於太和五年。

劉禹錫夢得亦中唐之健者，其近體感事詩，盡是含蓄蘊藉一路，可稱正宗。錄其二首

金陵懷古

王濬樓船下益州。金陵王氣黯然收。千尋鐵鎖沈江底，一片降旛出石頭。人世幾回傷往事，山形依舊枕寒流。而今四海爲家日，故壘蕭蕭蘆荻秋。

石頭城

山圍故國周遭在，潮打空城寂寞迴。淮水東邊舊時月，夜深還過女牆來。

○

經過初唐長言永歎一派，至盛唐以後，乃復變而爲婉約在窄範圍內藏納多量之意思是近體正宗。此種格律，必要用蘊藉之法含義乃得豐富蓋每首只得四句或八句，非以含蓄之筆出之，取絃外之音，則淡而寡味矣。

晚唐　詩至晚唐，漸趨向於象徵派。象徵派詩人之旨，原是借一事物以起興，結果仍歸到本題，以表示作者之情感。所謂象徵派者，乃多轉一灣，將所感之對象藏而不露，更用他種事物以作象徵，如寫離人思婦，絕不提其心中所思之人，而專寫明月、秋風、砧杵、蟋蟀、鴻雁等事物，使與情感相融和，能令

所感之對象於若隱若見似有似無之間流露出來，方是高手。此派之起，殆晚唐諸公以爲詩之境界。已悉被盛唐大家所佔盡，欲從此方面闢一新途徑。結果乃至意義晦塞，只見詞藻，莫明其妙。如溫庭筠、李商隱、杜牧、李長吉、段成式諸人爭以儷偶相夸，而溫李尤雄。溫庭筠之蘇武廟曰，

蘇武魂銷漢使前。古祠高樹兩茫然。雲邊雁斷胡天月，隴上羊歸塞草煙。回日樓臺非甲帳，去時冠劍是丁年。茂陵不見封侯印，空向秋波哭逝川。

此詩意義尚屬明顯，然以丁年對甲帳之類，已開晚唐纖仄之風。至於李義山錦瑟碧城諸作，則莫知其旨矣。

錦瑟無端五十絃。一絃一柱思華年。莊生曉夢迷蝴蝶，望帝春心託杜鵑。滄海月明珠有淚，藍田日暖玉生煙。此情可待成追憶，只是當時已惘然。

碧城十二曲闌干。犀辟塵埃玉辟寒，閬苑有書多附鶴，女牀無樹不棲鸞。星沈海底當窗見，雨過河源隔座看。若使曉珠明又定，一生長對水晶盤。

凡此諸作，不能謂之不美，不過含有神秘性而已。後來西崑派即從此轉變，每況愈下

要而論之，初唐承漢魏之後，變婉約爲遒勁之五古，而爲長言永歎之七古，盛唐成立近體詩，又回復婉約之旨，以嚴整之格律，寫蘊藉之深意。中唐斕矜琢鍊，晚唐又流於雕鏤，與六朝古體之變化同一軌轍。溫飛卿之靡弱，李長吉之纖仄，與陳隋之江總庾信正復相同，作品非不佳，唯厚重之氣則已消磨殆盡矣。文體始盛終衰之原則，古今如一也，

〔宋〕詩至北宋，又放一異彩。厲鶚曰，「宋承五季衰敝後，大興文教，雅道克振，其詩與唐有分合離間，而詩人之盛視唐且過之。」淳化景德間，作者力追晚唐，而尤宗溫李。楊億、錢維演、劉筠等宗法義山，以妍華婉麗相尚，即世所稱爲西崑體是也。蓋以楊億所著之西崑酬唱集而得此名，取西方崑崙乃羣玉之府之意。然而學某人者必自某人打一折扣，乃一定之符。故所謂西崑體者，徒事摘黜於章句之間，無復意境，學之者更每況愈下矣。錄其數首如下。

淚　楊億

錦字初停掩夜機。白頭吟苦怨新知。誰聞隴水回腸後，更聽巴猿拭袂時。漢殿微涼金屋閉，魏宮清曉玉壺欹。多情不待悲秋意，祇是傷春鬢已絲。

淚　錢惟演

家在河陽路人秦。樓頭相望祇酸辛。江南望日新亭宴，旗鼓傷心故國春。仙掌倚天頻滴露，方諸待月自涵津。荊王未辨連城價，腸斷南州抱璞人。

淚　劉筠

雍門琴罷已浪浪。更上牛山半夕陽。楚澤雲迷千里目，蘇門歌斷九迴腸。寒梅帶雨飄離席，尺素停燈作報章。湘水未乾終未盡，豈徒萬點寄疎篁。

古今詩話曰「楊大年、錢希聖、晏同叔、劉子儀、爲詩皆宗李義山，號西崑體，後進效之多竊取義山語。嘗御賜百官宴，優人有裝爲義山者，衣服敝裂，告人曰，吾爲諸館職撏撦至此，聞者大噱」

西崑體既爲世詬病，至仁宗朝而有歐陽修、蘇舜欽、王安石、梅聖俞諸人掘起，力矯西崑體之弊，專以氣格爲主。是爲宋詩正宗。如：

歐陽修之明妃曲，

胡人以鞍馬爲家，射獵爲俗。泉甘草美無常處，鳥驚獸駭爭馳逐。誰將漢女嫁胡兒，風沙無情面如玉，身行不逼中國人，馬上自非思歸曲。推手爲琵卻手琶。胡人共聽亦咨嗟。玉顏流落死天涯。琵琶卻傳來漢家。爭按新聲譜。遺恨已深聲更苦。纖纖女手生洞房。學得琵琶不下堂。不識黃雲出塞路，豈知此聲能斷腸。

漢宮有佳人，天子初未識。一識隨漢使，遠嫁單于國。絕色天下無，一失難再得。雖能殺畫工，於事竟何益。耳目所及尚如此，萬里安能制夷狄。漢計誠已拙，女色難自誇。明妃去時淚，灑向枝上花。狂風日暮起，飄泊落誰家。紅顏勝人多薄命，莫怨春風當自嗟。

蘇舜欽之

夏意

別院深深夏簟清，石榴開徧透簾明。樹陰滿地日卓午，夢覺流鶯時一聲。（見滄浪集）

南園

西施臺下見名園。百草千花特地繁。欲問吳王當日事，後來桃李若爲言。（見吳郡志）

王安石之

歲晚

月映林塘靜，風涵笑語涼。俯窺憐淨淥，小立佇幽香。攜幼尋新樂，扶衰上野航。延緣久未已，歲晚惜流光。

自白土村入北寺

雨過百泉出，秋聲連衆山。獨尋飛鳥外，時度亂流間。坐石偶成歇，看雲相與還。會須營一畝，長此聽潺潺。（見臨川集）

讀此諸作，足見其韻味與風格，迥非西崑體之靡弱纖仄矣

復有梅聖俞，亦當時健者。歐公六一詩話曰：「梅聖俞蘇子美齊名，一時詩體特異，子美筆力豪俊，以超邁橫絕爲奇；聖俞覃思精微，以深遠閑淡爲意；各極其長，雖善論者不能優劣」。錄其異體一首。

舟中與家人飲（見宛陵集）

月出斷岸口，影照別舸背。且獨與婦飲，頗勝俗客對。月漸上我席，暝色亦少退。豈必在秉燭，此景亦可愛。

通首無一平聲字，西清詩話云，「晏元獻守汝陰，梅聖俞往見之，將行，公置酒穎河上，因言古人章句中全用平聲，製字穩貼，如「枯桑知天風」是也，恨未見仄字詩，聖俞既引舟，遂作五仄體寄公云。」當是詩中之最異者。

下及神宗朝，而有蘇軾、張耒、黃庭堅、陳師道等亦一時俊傑，而東坡尤雄奇壯闊。南宋敖陶孫詩評曰，「蘇東坡如屈注天潢，倒連滄海，變眩百怪，終歸雄渾。」即此寥寥數語，則東坡之詩格從可知矣。錄其數首。

尋春

東風未肯入東門。走馬還尋去歲村。人似秋鴻來有信，事如春夢了無痕。江城白酒三杯釅，野老蒼顏一笑溫。已約年年爲此會，故人不用賦招魂。

和劉攽

十載飄然未可期。那堪重作看花詩。門前惡語誰傳去，醉後狂歌自不知。刺舌君今猶未戒，炙眉吾亦更何辭。相從痛飲無餘事，正是春容最好時。

御史獄中遺子由

聖主如天萬物春，小臣愚暗自亡身。百年未滿先償債，十口無歸更累人。是處青山可埋骨，他年夜雨獨傷神。與君今世爲兄弟，更結來生未了因。

此種純摯之性情作品，而以格律局促之近體出之，絕不雕琢，唯見其眞，是不容易。古體如

行瓊儋間肩輿睡覺遇急雨

四州環一島，百洞蟠其中。我行西北隅，如度月半弓。登高望中原，但見積水空。此生當安歸，四顧眞途窮。眇觀大瀛海，坐詠談天翁。茫茫太倉中，一米誰雌雄，幽懷忽破散，永嘯來天風。千山動鱗甲，萬谷酣笙鍾。安知非羣仙，鈞天宴未終。喜我歸有期，舉酒屬青童。急雨豈無意，催詩走羣龍。夢雲忽變色，笑電亦改容。應怪東坡老，顏衰語徒工。久矣此妙聲，不聞蓬萊宮。

似此等作品，眞可謂變眩百怪終歸雄渾者矣。

張耒亦元祐黨人，詩格高古，有柯山集。石林詩話：「晁无咎云，文潛過宋都詩，白頭青鬢格存沒，落日斷霞無古今，氣格不減老杜。」錄其一首

離黃州

扁舟發孤城，揮手謝送者。山迴地勢卷，天豁江面寫。中流望赤壁，石脚插水下。昏昏煙霧嶺，歷歷漁樵舍。居夷十三載，鄰里通假借。別之豈無情，老淚爲一灑。篙工起鳴鼓，輕櫓健於馬。聊爲過江宿，寂寂樊山夜。

容齋隨筆「文潛暮年哦老杜玉華宮，極力模寫。其離黃州詩，偶同此韻，音響節奏，固似之矣」云。

黃庭堅亦元祐大家，與東坡齊名。劉後村詩話云，「國初詩人如潘閬、魏野，規規晚唐格調，楊劉則又專爲崑體，蘇梅二子稍變以平淡而和之者尚寡。至六一蘇公，巍然爲大家數，學者宗焉。然二公亦各極其天才筆力之所至而已，非爲鍛鍊勤苦而成也。豫章稍後出，會粹百家，句律之長，究極歷代體製之變，蒐討古書，穿穴異聞，作爲古律，自成一家，雖隻字半句不輕出，遂爲本朝詩家祖宗。」

雲麓漫鈔，「呂居仁作江西詩社宗派圖，其略云，古文衰於漢末，先秦古書存者，爲學士大夫剽竊之資，五言之妙，與三百篇離騷爭烈可也。自李杜之出，後莫能及。韓、柳、孟郊、張籍諸人，自出機杼，別成一家。元和之末無足論者，衰至唐末極矣。……國朝文物大備，……詩至於豫章，始大出而力振之，後學者同作並和，盡發千古之秘。亡餘蘊矣。錄其名字，曰江西宗派其源流皆出豫章也。宗派之祖曰山谷，其次陳師道無己，……凡二十五人，居仁其一也。……」

讀此得知黃山谷是江西派之開山老祖，西崑派而後，此爲第二宗派矣。宋人好立門戶，唯詩亦然。

西淸詩話云，「山谷詩妙脫蹊徑，言謀鬼神，無一點塵俗氣」錄其一首。

記夢

衆眞絕妙擁靈君。曉然夢之非紛紜。窗中遠山是眉黛，席上榴花皆舞裙。借問琵琶得聞否。靈君色莊妓搖手。兩客爭棊爛斧柯。一兒壞局君不呵。杏梁歸燕客語多。奈此雲窗霧閣何。

陳師道，字無己，號后山，亦元祐間之名詩人。朱文公語錄云，「黃山谷詩曰閉門覓句陳無己，對客揮毫秦少游。陳無己平時出行，覺有詩思，便急歸擁被臥而思之，呻吟如病者，或累日而後起」葉夢得曰，「世言陳無己每登覽得句，卽急歸臥一榻，以被蒙首，惡聞人聲，謂之吟榻。家人知之，卽貓犬亦皆逐去，嬰兒稚子，亦抱寄鄰家，徐徐詩成，乃敢復常。」此眞乃爲作詩而作詩者矣，可謂苦吟。錄其二首。

妾薄命爲曾南豐作

主家十二樓，一身當三千。古來妾薄命，事主不盡年。起舞爲主壽，相送南陽阡。忍着主衣裳，爲人作春妍。有聲當徹天，有淚當徹泉。死者恐無知，妾身長自憐。

葉落風不起，山空花自紅。捐世不待老，惠妾無其終。一死尚可忍，百歲何當窮。天地豈不寬，妾身自不容。死者如有知，殺身以相從。向來歌舞地，夜雨鳴寒蛩。

詩林廣記謝疊山云，「元豐間，曾鞏修史，薦后山有道德有史才，乞自布衣召入史館。命未下而曾去，后山感其知己，不願出他人門下，故作妾薄命篇，南豐人歐陽公之客，后山尊之，號曰南豐先生」云

南宋文學，結晶於詞。詩家吾唯舉一陸放翁以作代表。直齋陳氏云，「陸務觀詩爲中興之冠，文亦佳，而詩最富，至萬餘篇，古今未有。」錄其二首。

臨安春雨初霽

世味年來薄似紗，誰令騎馬客京華。小樓一夜聽春雨，深巷明朝賣杏花。矮紙斜行閒作草，晴窗細乳戲分茶。素衣莫起風塵歎，猶及清明可到家。

後村詩話，放翁少時調官臨安，得句云小樓一夜聽春雨，深巷明朝賣杏花。傳入禁中，思陵稱賞，由是知名。

示兒

死去元知萬事空，但悲不見九州同。王師北定中原日，家祭無忘告乃翁。

四朝聞見錄，「此一首乃放翁絕筆之作。」陸乃越州山陰人，有渭南集劍南集，稱江西派之鉅子。

南宋寧宗之世，有所謂永嘉派詩宗晚唐，與江西派立異，即徐照字道暉，徐璣字文淵，翁卷字續古，趙師秀字紫芝，四君皆永嘉人，稱永嘉四靈。趙東閣（汝回）云「唐風不競，派沿江西，永嘉四靈乃始以開元元和作者自則，冶擇淬鍊，字字玉響。」讀此則永嘉派之所崇尚可見，其所以異於江西派者亦可見。

此外復有嚴羽，字丹丘，主張力追盛唐，對於有宋一代之詩人皆有微詞。其所著之滄浪詩話，有一段以譚禪之法論詩，頗有獨到處，錄如下：「漢魏晉與盛唐之詩，則第一義也。大曆以還之詩，則小乘禪也。晚唐之詩，則聲聞辟支果也。盛唐諸人，唯在興趣，羚羊挂角，無跡可求，故其妙處，透徹玲瓏，不可湊泊，如空中之音，相中之色，水中之月，鏡中之象，言有盡而意無窮。近代諸公，乃作奇特解會，遂以文字爲詩，以才學爲詩，以議論爲詩，夫豈不工，終非古人之詩也。蓋於一唱三歎之音，有所歉焉。國初之詩，尚沿襲唐人，王黃州學白樂天，楊文公劉中山學李商隱，盛文肅學韋蘇州，歐陽公學韓退之古詩，梅聖俞學唐人平淡處，至東坡山谷始自出己意以爲詩，唐人之風變矣。山谷用工，尤爲深刻，其後法席盛行海內，稱爲江西宗派。近世趙紫芝翁靈舒輩，獨喜賈島姚合之詩，稍稍復就清苦之氣，江湖詩人，多效其體，一時自謂之唐宗，不知止又入聲聞辟支之果，豈盛唐諸公大乘正法眼者哉。」

案：王黃州即王禹稱，字元之，楊文公即楊億，字大年，劉中山即劉筠，字子儀，盛文肅即盛度，字公量，韋蘇州即韋應物。

滄浪詩話此段評論，可用作唐宋兩代詩派之總結。盛唐一段頗爲精警。彼之所謂興趣卽意境也。論詩而知重意境，是其獨到處。

〔金元〕 金元文學結晶於曲，而元好問、虞集、趙孟頫等亦以詩名。金史文藝傳，「元遺山詩奇崛而絕雕劌，巧縟而謝綺麗，五言高古沈鬱，七言樂府，不用古題，特出新意。」讀此可以得遺山詩品之概。大約以中原子民屈居於異族勢力之下，一種憤悶不平之氣，蟠際胸臆，於彼詩詞中，每得見此種痕迹。入元以後，則虞趙堪稱大宗師，猶是遺山宗派。

此外尚有劉靜修，因五言古刻意學步淵明，得其神韻。戴剡源表元，其長古頗有東坡氣息，與虞道園有淵源。迨其季世，則有楊鐵崖維楨，古樂府力追漢魏，尚不失爲遒勁。其宮詞十二首之小序曰，「本朝作宮詞者多矣，或拘於用典故，或拘於用國語，皆損詩體」云，因此可知元代之作風。錄遺山古近體各一首。

潁川留別

故人重分攜，臨流駐歸駕。乾坤展清眺，萬景若相借。北風三日雪，太素秉元化。九山鬱崢嶸，了不受陵跨。寒波澹澹起，白鳥悠悠下。懷歸人自急，物態本閒暇。壺觴負吟嘯，塵土足悲咤。回首亭中人，平林淡如畫。

京居辛卯八月六日作

四壁秋蟲夜語低。南窗孤客枕頻移。野情自與軒裳隔，旅食難堪日月遲。平子歸田原有約，魏舒襆被恐無期。一莖白髮愁多少，慚愧家人賦扊扅。

錄鐵崖宮詞十二首之三。

北幸和林幄殿寬。勾麗女侍婕妤官。君王自賦昭君曲，勅賜琵琶馬上彈。

十二瑤樓浸月華。桐花移影上窗紗。簷前不插鹽枝竹，臥聽金羊引小車。

十三宮女善詞章。長立君王玉几旁。阿婉有才還有累，宮中鸚鵡啄條桑。

和林乃蒙古都城。以幄爲殿，殆即今之所謂蒙古包矣。朝鮮即古之高句麗。

〔明〕明代之詩，無甚精彩。初葉之劉基、宋濂，尚有宋代遺風。高青邱啓，聰明絕代，取格甚高，若天假之年，成就正未可量。至成化間而有三楊，即楊士奇、楊榮、楊溥，以富貴壽考之人主持風雅，名曰臺閣體，作品何如，不問可知。至弘治正德間，李東陽等乃提倡復古，力追晚唐。其後王守仁、陳獻章、歸有光諸人皆理學名儒，學問文章，自足千古。但所爲詩，只是學者之詩，而非詩人之詩也。

錄高青邱五言二首。

擬古十二首之一

秋至衆芳歇，芙蓉獨鮮研。朱華照綠水，日暮涼風前。采折難遠贈，相看自嬋娟。孤艷豈足賞，後凋良可憐。

寓感二十首之一

盛衰迭乘運，天道果誰親。自古爭中原，白骨遍荊榛。乾坤動殺機，流禍及蒸民。生聚亦已難，一旦忽胥淪。陽和旣代序，嚴霜變爲晨。大運有自然，彼蒼非不仁。咄咄堪歎嗟，滄溟亦沙塵。

錄歸震川讀史二首。

謝公四十餘，高臥東山間。妻子來相問，掩口笑不言。長安公與卿，富貴多少年。徇時豈不能，吾志其不然。所以任公子，長垂百丈緡。

劉毅無儋石，一擲百萬錢。淮陰置母冢，行營萬家田。英豪不在此，意氣聊復然。安能效拘儒，規規蒯蒯焉。東海有大鵬，扶搖負青天。可憐蜩與鳩，相笑榆枋間。

至萬曆間而有所謂公安派與竟陵派，對於李東陽等之復古派起反動，即袁宗道、譚元春諸人是也。靜志居詩話評竟陵派曰，「倡淺率之調以爲浮響，造不根之句以爲奇突，用語助之辭以爲流轉」。又曰，「取快一時，流毒天下，詩亡而國亦隨之」。未免過刻。平心而論，公安竟陵詩格誠不高，但薄模倣而重個性，乃其所長，未可厚非。

蓋自永成之世，國家承平，三楊所倡率之臺閣體，以雍容華貴相尚，末流所屆，乃至於有聲而無詞，有皮而無骨。迨弘正間而有李東陽者，提倡復古，一洗臺閣之俗，作品力追晚唐。其門弟子李夢陽、何景明等更大揚其波。文宗漢魏，詩追盛唐，以不讀唐以後之書相號召。李東陽之論詩，提倡聲調，謂詩之聲調有輕重、清濁、長短、高下、緩急之別，聞其聲即可以知其爲唐爲宋爲元。說見懷麓堂詩話。至於李夢陽等更提倡格調，謂詩有七難，即格古、調逸、氣舒、句渾、音圓、思沖，而情以發之是也。說見潛虬山人筆記。承臺閣體之後而倡復古，宜也。但刻舟求劍，若此已入魔矣。下迨嘉隆，而有所謂後七子者，即李攀龍、王世貞諸人是也，繼復古派之餘烈，事事模倣古人，作品非不佳，但讀之彷彿曾見於某人集中，更有何意味。是以萬曆間而反動又起，即公安與竟陵是已。袁氏弟兄宗道、宏道、中道，乃公安人，故曰公安派，對於復古派作正面攻擊，謂作詩宜獨抒性靈，不拘拘於格律，大不以摹擬古人剿襲舊套爲然。結果遂流於粗率鄙俚，爲世詬病。後有鍾惺、譚元春者出而矯其枉，一變而爲輕泛孤峭，鍾譚乃竟陵人，故曰竟陵派。要之淺率與孤峭，皆矯枉過直之結果也。

錄李東陽九日渡江一首。

秋風江口聽鳴榔。遠客歸心正渺茫。萬古乾坤此江水，百年風日幾重陽。烟中樹色浮瓜步，城上山形繞建康。直過眞州更東下，夜深燈火宿維揚。

錄李夢陽臺寺夏日一首。

古臺高並鬱岧嶢。斷塔稜層鎖寂寥。積雪洞門常慘慘，炎天松柏轉蕭蕭。雲雷豈辟丹青壯，神鬼虛堂世代遙。惆悵宋宮偏泯滅，二靈哀怨不堪招。

李夢陽與康海王九思同時，康王均妙解音律，稱才子。時劉瑾當國，屢欲納交於海而不可得。會夢陽以罪下獄，求救於海，海乃折節謁瑾爲之請，夢陽得免。踰年瑾敗，海以是坐黨落職禁錮，而夢陽坐視不救。馬中錫乃作「中山狼」劇以刺之。中錫字天祿，成化進士，官至左都御史。盛明雜劇以「中山狼」爲康海作，實誤。海字對山，九思字渼陂。

錄李攀龍古意別意各一首。

秋風西北起，吹我遊子裳。浮雲從何來，安知非故鄉。蕭蕭胡馬鳴，翩翩下枯桑。暮色入中原，飛蓬轉戰場。往路不可懷，行役自悲傷

秋風西北來，蕭蕭動百草。蕩子無家室，悠悠在長道。紅顏能幾時，棄捐一何早，對客發素書，客涕復留抱。上言故鄉好，下言故人老。

此即所謂復古派之作品矣。東陽、夢陽於擬唐之中，猶略帶本人面目，若李攀龍者，眞可謂生吞活剝矣。沈德潛評之曰，「臨摹太過，痕跡宛然」，猶是忠厚長者之言。迨萬曆朝而公安袁氏乃起反動。錄袁宏道感事一首。

湘山晴色遠微微。盡日江邊取醉歸。不見兩關傳露布，尚聞三殿未垂衣。邊防自古無中下，朝

論於今有是非。日暮平沙秋草亂，一雙白鳥避人飛。

沈德潛曰：「公安兄弟著意矯王李之弊，而入於俳諧，又一變而為竟陵，詩道遂不復振，人但知竟陵之衰而不知公安實先之也。」見明詩別裁卷十。

竟陵詩派以少含蓄而淺露為世詬病，但其反復古派之摹擬而發揮個性，實明代作風之一轉振，未可厚非。含蓄蘊藉自是詩之正宗，尤其是近體詩。蓋近體以二十字至五十六字為限，苟非用一種特殊技術，使於短篇幅中藏納多量之境界，則一覽無餘，自是寡味；但人人把自己之情緒與心事深藏於不易尋覓處，絕不肯以正面向人，則未免太過小姐氣。人人如此，則作品將無個性之可言。無個性之作品千萬一律，其寡味殆更有甚焉者矣。施愚山與陳伯璣評論竟陵詩品，尚屬持平，錄之如左。施陳乃清初人，與王漁洋同時。鍾惺字伯敬。

施愚山與陳伯璣書

昨承寄到伯敬集，適在笥輿中，遂至讀盡，其手近隘，其心獨狠，要是著意讀書人，可謂之偏枯，不得目為膚淺。其於師友骨肉存亡之間，深情苦語，令人酸鼻，未可以一冷字抹煞。大抵伯敬集如橘皮橄欖湯，在醉飽後洗滌腸胃最善，飢時却用不得。然當伯敬之時，天下文士，酒池肉林矣，那得不推爲俊物。

陳伯璣復施愚山書

伯敬所處在中晚之際，復爲黨論所擠，當時以大行擬科，忽出而爲南儀曹，志節不舒，故文氣亦如子厚之不能望退之也。黨論以十亂呼之，與鄒臣虎諸公同列，皆好學孤行不肯逐隊之士，幾同子厚見累於王叔文矣。冷之一言，其詩其文皆主之，即從古人淸聲出其平日究心經史莊騷，以官爲隱，以讀書爲官，其人實不可及。

末葉而有復社諸子力振宗風，而詩人之詩乃復見。如侯方域、魏禧、錢謙益、吳偉業等實結有明之局，而開淸代之風矣。

淸初詩人不少，吳梅村亦稱大家，作品欲追初唐，其長古有詩史之稱，惜太柔弱。康熙間則有王漁洋，專提倡神韻，所謂不著一字，盡得風流者是也。神韻自然是詩中高格，若意境高超而益之以神韻，是爲最上乘。若只重神韻而不務意境，則又是晚明浮光掠影之復古派矣。

欲知王漁洋所謂神韻者爲何如，試讀其秋柳四首。

一

秋來何處最銷魂。殘照西風白下門。他日差池春燕影，只今憔悴晚煙痕。愁生陌上黃驄曲，夢遠江南烏夜村。莫吹臨風三弄笛，玉關哀怨總難論。

二

娟娟涼露欲爲霜。萬縷千條拂玉堂。浦裏青荷中婦鏡，江干黃竹女兒箱。空憐板渚隋堤水，不見琅琊大道王。若過洛陽風景地，含情重問永豐坊。

三

纖纖作絮糝春衣，太息蕭條景物非。扶荔宮中花事盡，靈和殿裏昔人稀。相逢南雁皆愁侶，好語西烏莫夜飛。往日風流問枚叔，梁園回首素心違。

四

桃根桃葉鎮相憐。眺盡平蕪欲化煙。秋色向人猶旖旎，春閨曾與致纏綿。新愁帝子悲今日，舊事公孫憶往年。記否青門珠絡鼓，松枝相映夕陽邊。

此詩神韻誠佳，猶是晚唐之象徵派。但以殘照西風白下門一句，可想見爲金陵懷舊之作。

康乾之世，科舉於時文之外復增五言律詩一門。限題限韻，層層束縛，即世所稱爲試帖詩者是矣。試在紀昀所選之庚辰集中錄數首，並加以說明。

賦得菊殘猶有傲霜枝 得殘字五言十韻　　王式丹

園圃初冬日，橚槮滿眼看。人瞻霜氣重，遍野木聲乾。獨有黃花好，無妨綠葉殘。孤標非附熱，晚節豈驚寒。縞縞方鋪砌，鮮鮮自叢欄。留香三徑冷，得氣一枝單。蟋蟀藏應久，芙蓉伴亦難。滿頭還亂插，傍夕好供餐。天意遲清景，吾生愛古懽。和陶新得句，泛酒莫闌珊。

清代應科試帖詩，規定爲五言排律體，無七言者。最低限度爲六韻，最高限度爲十二韻，無四韻或十四韻者，而以八韻爲最普通，六韻次之，似此首之十韻則甚少矣。題目例用一古人成句，限韻即於題中拈取一字，如此首之殘字是也。然亦有用題外字者，至於格律，以此首而論，第一二韻爲破題，第三韻寫菊而照應殘字，第四韻寫傲而照應霜字，復有題前、拍題、題後、起、承、轉、收之種種法門，諸如此類，展轉敷衍，總不脫題之範圍。然此猶是初期作品，格律尚寬，嘉道以後，愈趨謹嚴矣。錄一首以爲方。

賦得清露點荷珠得排字五言八韻　鄭虎文

鳳沼新荷綠，田田水一涯。乍看清露點，錯認曉珠排。貫處纍纍是，圓來顆顆皆。未須傾蓋得，自覺走盤佳。彿拂疑穿綫，松橫欲綴釵。肯教魚目混，直與夜光諧。帶月寧投暗，因風忽蕩懷，緣知涵帝澤，湛灑萬方偕。

如此首則於題外拈一字爲韻。所限之韻曰官韻，須押在第一聯或第二聯，否則不中選。如上錄菊殘猶有傲霜枝一首，殘字押在第二聯，則不可矣。破題四句，須將題中字全數嵌入，如此首第一句嵌一荷字，第三句嵌清露點三字，第四句嵌珠字是也。然此猶未至也，咸同以後，則愈嚴矣。蓋嵌入題中字以散爲佳，如此一首將清露點三字聯貫嵌在一句中，則不中選矣。再錄一首以爲方

賦得月印萬川得川字五言八韻　范錫圭

皎潔生華月，空明映碧川。一輪如印印，萬派見淵淵。到處清流闊，同時素魄圓，光原無間隔，人各對澄鮮，非色非空際，成形成象先。鳶魚觀所察，鴻雪悟其全，宛在清虛府，常通太極泉。自然

窺道妙，此意與誰傳。

此一首破題四句，第一句嵌月字，二句嵌川字，三句嵌印字，四句嵌萬字。限韻之川字押在第一聯，此咸同以後科舉律詩之正格矣。此之謂試帖詩，近體律詩，已是聲病對排，層層束縛，失去幾許自由，如此一來，則更動彈不得，好煞亦不過詩匠，於情緒性靈意境等等，絕對不能發揮詩學之變化。至此，已入絕境，亦爲不善變矣，然而此亦文章技術之一種，韻文之一格，故無論如何，在中國文學史上亦自有其地位。

樂府

中原文學，至秦漢之間與荊楚文學相調合，其體裁及格式，已漸由單簡而臻於複雜，樸茂而臻於風華。韻文組織，已多用六七言句法，不囿於四言，迨宣成以後，西域之交通日漸頻繁，東漢明章以還，愈遠及於印度，而西涼龜茲之樂歌，且採用而奏諸廟堂，詞賦體裁，更進而競用五言及長短句相錯雜，韻文之變化，愈益繁富矣。兩晉以降，西北民族入主河朔，制禮作樂，不後南朝，而聰明才智之士，應環境與潮流，思想大起變化，而作風隨之，南北和匯，互相薰染，故樂府詩歌之格律，愈益變化無窮。唐代挹其流，且國家承平，比較長久，韻文至此，不期而大放光明，此亦事理之所必至，恰似萬流奔匯，朝宗於海者矣。韻語本屬天籟，牧童蠶女，出口皆可成妙文，然帝者每於動極思靜之時，集才華之士，制成種種郊祀讌饗樂歌，書諸竹帛，尤易流傳於後世。兩漢以後，此種作品，蟬聯不斷，而士大夫之雅詠，民間之歌謠，亦復隨環境之變遷，風俗之轉移，發爲聲律，取精愈多，用物愈宏，而韻文之變化，亦愈層出而不窮。或競巧於雕鏤，或鬥奇於結構，雖善變與不善變，迭有短長，然展轉遷移，固未嘗或息也。請言樂府。

郭茂倩曰，「樂府之名起於漢，自孝惠帝時，夏侯寬爲樂府令，始以名官。至孝武乃立樂府，采趙、代、秦、楚之歌謠，被諸聲樂。其由來蓋亦遠矣。凡樂府歌辭，有因聲而作歌者，若魏之三調歌詩，因絃管金石，造歌以被之是也。有因歌而造聲者，若清商吳聲諸曲，始皆徒歌，既而被之絃管是也。有聲有辭者，若郊廟、相和、鐃歌、橫吹等曲是也。有有辭無聲者，若後人之所述作，未必盡被於金石是也。新樂府者，皆唐世之新歌也。以其辭實樂府，而未嘗被於聲，故曰新樂府也。元微之病後人沿襲古題，唱和重複，謂不如寓意古題，刺美見事，猶有詩人引古以諷之義。近代唯杜甫悲陳陶、哀江頭、兵車行、麗人行等歌行，率皆卽事名篇，無得倚傍。白樂天、李公垂輩謂是爲當，遂不復更擬古題。因劉猛、李餘賦樂府詩，咸有新意，乃作出門等行十餘篇。其有雖用古題，全無古義，則出門行不言離別，將進酒特書列女。其或頗同古義，全創新詞，則田家止述軍輸，捉捕詩先螻蟻。如此之類，皆名樂府。由是觀之，自風雅之作，以至於今，莫非諷興當時之事，以貽後世之審音者。儻採歌謠以被聲樂，則新樂府其庶幾焉。」此太原郭茂倩樂府詩集第九十卷新樂府辭之發凡也。讀此則樂府之起源及其變遷可得一概括之。

印象矣。

「樂記曰，王者功成作樂，治定制禮，是以五帝殊時，不相沿樂，三王異世，不相襲禮，明其有損益也。然自黃帝以後至於三代，千有餘年，而其禮樂之備，可以考而知者，唯周而已。周頌「昊天有成命，」郊祀天地之樂歌也。「清廟，」祀太廟之樂歌也。「我將，」祀明堂之樂歌也。「載芟、」「良耜、」「藉田，」社稷之樂歌也。然則祭樂之有歌，其來尚矣。兩漢已後，世有制作，其所以用於郊廟朝廷以接人神之歡者，其金石之響，歌舞之容，亦各因其功業治亂之所起，而本其風俗之所由。武帝時，詔司馬相如等造郊祀歌詩十九章，五郊互奏之，又作安世歌詩十七章，薦之宗廟。至明帝乃分樂爲四品。一曰「大予樂，」典郊廟、上陵之樂。郊樂者，易所謂先王以作樂崇德，殷薦上帝。宗廟樂者，虞書所謂琴瑟以詠，祖考來格，詩云，肅雍和鳴，先祖是聽也。二曰「雅頌樂，」典六宗、社稷之樂。社稷樂者，詩所謂琴瑟擊鼓，以御田祖。禮記曰，樂施於金石，越於音聲，用乎宗廟社稷，事乎山川鬼神是也。永平三年，東平王蒼，造光武廟登歌一章，稱述功德，而郊祀仍用漢歌，魏歌辭不見，疑亦用漢辭也。魏武帝始命杜夔創定雅樂，時有鄧靜、尹商，善訓雅歌，歌詩尹胡能習宗廟郊祀之曲，舞師馮肅，曉知先代諸舞，變總領之，魏復先代古樂，自變始也。晉武受命，百度草創，泰始二年，詔郊廟明堂禮樂，權用魏儀，遵周室肇稱殷禮之義，但使傅玄改其樂章而已。永嘉之亂，舊典不存，賀循爲太常，始有登歌之樂。明帝太寧末，又詔阮孚增益之。至孝武太元之世，郊祀遂不設樂。宋文帝元嘉中，南郊，始設登歌，廟舞猶闕。乃詔顏延之造天、地、郊，登歌三篇，大抵依倣晉曲，是則宋初又仍晉也。南齊、梁、陳，初皆沿襲，後更創制，以爲一代之典。元魏宇文，繼有朔漠，宣武已後，雅好胡曲，郊廟之樂，徒有其名。隋文平陳，始獲江左舊樂。乃調五音爲五夏、二舞、登歌、房中等十四調，賓祭用之。唐高祖受禪，未遑改造，樂府尚用前世舊文。武德九年。乃命祖孝孫修定雅樂，而梁陳盡吳楚之音，周齊雜胡戎之伎，於是斟酌南北，考以古音，作爲唐樂。貞觀二年奏之。按郊祀明堂，自漢以來，有夕牲、迎神、登歌等曲。宋齊以後，又加裸地、迎牲、飲福酒。唐則夕牲、裸地，不用樂。公卿攝事，又去飲福之樂。安史作亂，咸鎬爲墟；五代相承，享國不永；制作之事，蓋所未暇，朝廷宗廟典章文物，但案故常以爲程式」此樂府詩集第一卷郊廟歌辭之概論也。讀此則歷代樂歌之制作及其變化，可以見矣。

唐初樂歌，沿用前代舊文，集吳楚之音，胡戎之伎，斟酌南北，考以古音，作爲唐樂。讀此數語，則唐代文學之所以聲華燦爛特放異彩蓋有由矣。

郊廟歌皆歷代禘祀天地、山川、社稷、明堂、宗廟之作。三四五六七言不等。如漢歌之

朝隴首

朝隴首，覽西垠。雷電尞，獲白麟。爰五止，顯黃德。圖匈虐，熏鬻殛。闢流離，抑不祥。賓百僚，山河饗。

掩回轅，鬗長馳。騰師雨，灑路陂。流星隕，感惟風。籋歸雲，撫懷心。

此乃三言體。亦曰白麟歌。漢武帝元狩元年幸雍獲白麟而作，用以祀山川。又如：

朱明

朱明盛長，旉與萬物。桐生茂豫，靡有所詘。敷華就實，既阜既昌。登成甫田，百鬼迪嘗。廣大建祀，

肅雍不忘。神若宥之，傳世無疆。

此漢之郊祀歌，乃四言體。又如：

靈芝歌

因靈寢兮產靈芝。象三德兮瑞應圖。延壽命兮光此都。配上帝兮象太微。參日月兮揚光輝。

一三二

此亦漢之郊祀歌，而用七言體。蓋與楚騷融會矣。又有用長短句者，如宋謝莊之

白帝歌

百川如鏡，天地爽且明。雲冲氣舉，德盛在素精。木葉初下，洞庭始揚波。夜光徹地，翻霜照懸河。

庶類收成，歲功行欲寧。浹地奉渥，罄宇承秋靈。

兩句一韻，兩韻一轉，殆曾受洗於班固之燕然山銘十八侯銘者。

燕射歌乃燕饗宗族、親戚、兄弟、朋友、故舊之樂歌。郊廟歌辭出於頌，而燕射歌辭則出於雅。如晉傅玄之

上壽酒歌

於赫明明，聖德龍興。三朝獻酒，萬壽是膺。敷佑四方，如日之升。自天降祚，元吉有徵。

隋之上壽歌則有用長短句者。

俗已乂，時又良。朝玉帛，會衣裳。基同北辰久、壽共南山長。黎元鼓腹樂未央。

鼓吹曲乃軍樂，即所謂短簫鐃歌是也。如漢之朱鷺等二十二曲，列於鼓吹，謂之鐃歌。其後歷代

繼有所更改，有用十二曲者，二十曲者，十五曲者，大抵多言戰陣之事。齊武帝時，壽昌殿南閣置白鷺，鼓吹二曲以爲宴樂。陳後主常遣宮女習北方簫鼓，謂之代北，酒酣則奏之，則又施於燕私矣。

漢鐃歌二十二曲，即朱鷺、思悲翁、艾如張、上之回、擁離、戰城南、巫山高、上陵、將進酒、君馬黃、芳樹、有所思、雉子班、聖人出、上邪、臨高臺、遠如期、石流、務成、玄雲、黃爵、釣竿是也。

魏受命使繆襲造鼓吹十二曲以代漢鐃歌，即楚之平、戰滎陽、獲呂布、克官渡、舊邦、定武功、屠柳城、平南荊、平關中、應帝期、邕熙、太和是也。由此觀之，可見歷代之所改作，不外歌頌創業者之武功而已。

橫吹曲亦軍中之樂，鼓吹用簫笳奏於朝會或道路；橫吹用鼓角奏於馬上。北狄諸國皆馬上作樂，蓋胡曲也。

漢橫吹十八曲，即黃鵠、隴頭、出關、入關、出塞、入塞、折楊柳、黃覃子、赤之楊、望行人、關山月、洛陽道、長安道、梅花落、紫騮馬、雨雪、劉生是也。

梁鼓角橫吹曲有企喻、捉搦、瑯琊王、鉅鹿公主、紫騮馬、黃淡思、地驅樂、雀勞利、慕容垂、隴頭流水等。雖曰梁曲，然辭多悲壯、率直，已雜北朝風味矣。如：

地驅樂歌

月明光光，星墮。欲來不來早語我。

劉生歌

東平劉生安東子，樹木稀，屋裏無人看阿誰。

隴頭流水

隴頭流水，流離山下。念吾一身，飄然曠野。

隴頭流水，鳴聲幽咽。遙望秦川，肝腸斷絕。

相和歌亦漢舊曲也。平調、清調、瑟調，皆周房中曲之遺音，漢世謂之三調。又有楚調、側調；合前三調，總稱爲相和調。高帝悅楚聲，故房中樂皆楚歌。前之楚調側調者即生於楚調者也。又有所謂相和六引，即箜篌引、宮引、商引、角引、徵引、羽引是也。

安世房中歌

大孝備矣，休德昭明。高張四縣，樂充宮庭。芬樹羽林，雲景杳冥。金支秀華，庶旄翠旌。

七始華始，肅倡和聲，神來宴娛，庶幾是聽。粥粥音送，細齊人情。忽乘青玄，熙事備成，清思眑眑，經緯冥冥。

我定歷數，人告其心。敕身齊戒，施教申申。乃立祖廟，敬明尊親。大矣孝熙，四極爰轃。

王侯秉德，其鄰翼翼，顯明昭式，清明鬯矣，皇帝孝德，竟全大功，撫安四極。

海內有姦，紛亂東北，詔撫成師，武臣承德。行樂交逆，簫勺群慝。肅為濟哉，蓋定燕國。

大海蕩蕩水所歸，高賢愉愉民所懷。太山崔，百卉殖，民何貴，貴有德。

安其所，樂終產，樂終產，世繼緒，飛龍秋，遊上天，高賢愉，樂民人。

豐草葽，女羅施，善何如，誰能回。大莫大，成教德，長莫長，被無極。

雷震震，電耀耀，明德鄉，治本約，澤弘大，如被寵，咸相保，德施大，世曼壽。

都荔遂芳，窅窊桂華。孝奏天儀，若日月光，乘玄四龍，回馳北行。羽旄殷盛，芬哉芒芒。孝道隨世，我署文章。

馮馮翼翼，承天之則。吾易久遠，燭明四極。慈惠所愛，美若休德。杳杳冥冥，克綽永福。

磑磑即即，師象山則。嗚呼孝哉，案撫戎國。蠻夷竭懽，象來致福。兼臨是愛，終無兵革。

嘉薦芳矣，告靈饗矣。告靈既饗，德音孔臧。惟德之臧，建侯之常。承保天休，令問不忘。

皇皇鴻明，蕩侯休德。嘉承天和，伊樂厥福。在樂不荒，惟民之則。浚則師德，下民咸殖。令問在舊，

孔容翼翼

孔容之常，承帝之明。下民之樂，子孫保光。承順溫良，受帝之光。嘉薦令芳，壽考不忘。

承帝明德，師象山則。雲施稱民，永受厥福。承容之常，承帝之明。下民安樂，受福無疆

先兄任公曰，此歌爲秦漢以來最古之樂章，格韻高嚴，規模簡古，胎息出於三百篇，而詞藻稍趨華澤，音節亦加舒曼，周漢詩歌嬗變之跡，最可考見

漢志云，「房中祠樂，高祖唐山夫人所作也。周有房中樂，至秦名曰壽人。凡樂樂其所生，禮不忘本，高祖樂楚聲，故房中樂楚聲也。孝惠二年使樂府令夏侯寬備其簫管，更名曰安世樂。」案古人宗廟陳主之所名曰房，房中樂者，乃奏於陳主祠中，故曰房中樂。後世望文生義，且以此樂乃成於婦人

之手，遂誤作閨房之房，實大謬也。觀於漢房中歌之第一章第一句曰，「大孝備矣休德昭明，」則可知乃廟堂上莊嚴之樂歌，而必非閨房私褻之樂也明矣。

相和十五曲即氣出唱、精列、江南、度關山、東光、十五、薤露、蒿里、覲歌、對酒、雞鳴、烏生、平陵東、東門、陌上桑是也。此種歌辭格律無一定。絕句、律詩、古體、五七言皆有之。如：

李益江南曲

嫁得瞿塘賈，朝朝誤妾期，早知潮有信，嫁與弄潮兒。

于鵠江南曲

偶向江邊採白蘋，還隨女伴賽江神。衆中不敢分明語，暗擲金錢卜遠人。

李義山江南曲

郎船安兩槳，儂舸動雙橈。掃黛開宮額，裁裙約楚腰。乖期方積思，臨醉欲拚嬌。莫以採菱唱，欲羨秦臺簫。

溫庭筠江南曲

妾家白蘋浦，日上芙蓉檝。……（五言長古）

張籍江南曲

江南人家多橘樹，吳姬舟上織白紵。……（七言長古）

樂府之無定律，於斯可見。漢魏以來，歌詠雜興，其名有八，即行、引、歌、謠、吟、詠、怨、歎是也。相和歌之三調及楚調，各有所屬，略舉如下。

平調有七曲，即長歌行、短歌行、猛虎行、君子行、燕歌行、從軍行、鞠歌行是也。

此類歌曲，四五七言不等，亦有長短句者，如古辭長歌行「青青園中葵，朝露待日晞……」則爲五言，魏武之短歌行「對酒當歌，人生幾何……」則爲四言。顧況之短歌行「何處春風吹曉幕，江南綠水通朱閣……」則爲七言。又「臨春風，聽春鳥，別時多，見時少，愁人夜永不得眠，瑤井玉繩相向曉。」則爲長短句。

清調有六曲，即苦寒行、豫章行、董逃行、相逢狹路間行、塘上行、秋胡行是也。

此類歌曲，亦五七言不等，如魏文帝之苦寒行「北上太行山，艱哉何巍巍……」則是五言古。

杜甫之苦寒行，「漢時長安雪一丈，牛馬毛寒縮如蝟。……」則是七言。陸機之董逃行，「和風習習薄林，柔條布葉垂陰。……」則爲六言體，且每句用韻。嵇康之秋胡行，「貧賤易居，貴盛難爲工。貧賤易居，貴盛難爲工。恥佞直言與禍相逢。變故萬端，俾吉作凶。思牽黃犬，其莫之從。歌以言之，貴盛難爲工」長短句首二句疊結句覆。凡七首每首皆然。

瑟調曲有善哉行、隴西行、折楊柳行、西門行、東門行、飲馬長城窟行、孤兒行等。古辭善哉行，「來日大難，口燥脣乾。……」乃四言體。古辭隴西行，「天上何所有，歷歷種白榆。……」則爲五言古體。古辭西門行，「出西門，步念之，今日不作樂，當待何時。一解 夫爲樂，爲樂當及時。何能坐愁怫鬱，當復待來茲。二解 飲醇酒，炙肥牛。請呼心所歡，可用解愁憂。三解 人生不滿百，常懷千歲憂。晝短苦夜長，何不秉燭遊。四解 自非仙人王子喬，計會壽命難與期。自非仙人王子喬，計會壽命難與期。五解 人壽非金石，年命安可期。貪財愛惜費，但爲後世嗤。六解 此則長短句錯落雜用。

楚調曲則有白頭吟、泰山吟、東武琵琶吟、怨詩行等。亦五七言並用。卓文君之白頭吟，「皚如山上雪，皎若雲間月。……」乃五言古。劉希夷之白頭吟「洛陽城東桃李花飛來飛去落誰家。」則是七言長古。

清商曲原即相和三調。自東晉播遷，其音分散，苻堅滅涼得之，傳於前後二秦。及宋武定關中，因而入南，不復存於內地。自時厥後，南朝文物稱最盛，民謠國俗，世有新聲。其後北魏孝文討淮漢，宣武定壽春，收其聲伎，得江左所傳中原舊曲，及江南吳歌，荊楚西聲，總謂之清商樂。開皇仁壽間，南北樂府同入於隋。文帝識此爲華夏正聲，乃微更損益，去其哀怨，考而補之，以定新律呂。大業中，定清樂、西涼等爲九部樂。唐貞觀中，用十部樂。清樂亦在焉。周隋以來，管絃雅曲多用西涼樂，鼓舞曲多用龜茲樂。唯琴工猶傳楚漢舊聲。又溯自永嘉以後，下及梁陳，咸都建業；故吳聲歌曲，亦爲世所宗。由此觀之，可見清商曲之成分實合中原吳楚西域胡歌而冶於一爐者矣。

吳歌有子夜、懊儂、團扇、碧玉、桃葉、莫愁、歡聞、前溪、黃鵠、上柱、採蓮、鳳將雛、青溪小姑、玉樹後庭花、春江花月夜等曲。大率多五七言短歌。錄其數首，

子夜歌

今夕已歡別，會合在何時，明燈照空局，悠然未有期。

團扇曲

七寶畫團扇，燦爛明月光。餉郎却暄暑，相憶莫相忘。

碧玉歌

碧玉破瓜時，郎爲情顛倒。芙蓉陵霜榮，秋容故尚好。

桃葉歌

桃葉復桃葉，渡江不用楫。但渡無所苦，我自來迎接。

玉樹後庭花

麗宇芳林對高閣，新妝艷質本傾城。映戶凝嬌乍不進，出帷含態笑相迎。妖姬臉似花含露，玉樹流光照後庭。

舞曲。歌曲有聲而無容。舞曲則式歌且舞。用干羽以表聲容者也。自漢以後，樂舞寖盛，有雅舞有雜舞。雅舞用之郊廟朝饗，雜舞用之宴會。雅舞之中，又分作文武二舞。以揖讓得天下者奏文舞，如黃帝之雲門、堯之大咸、舜之大韶、禹之大夏是也。以征伐得天下者奏武舞，如殷之大濩、周之大武是也。

古今樂錄曰，歷代沿革，唯改其辭，示不相襲，未有變其舞者也。

雜舞者即巴渝、白紵、公莫、槃舞、鞞舞、鐸舞、拂舞之類是也。公莫即巾舞。南北朝時，復有西傖羌胡雜舞，參以胡戎聲伎，而諸舞彌繁。貞觀中讌樂分爲坐立二部。堂上坐奏者謂之坐部伎，堂下立奏者謂之立部伎。

立部伎有八。一安樂、二太平樂、三破陣樂、四慶善樂、五大定樂、六上元樂、七聖壽樂、八光聖樂。自破陣樂以下皆用大鼓，雜以龜茲樂，其聲震厲。大定樂又加金鉦，慶善則用西涼樂，聲頗閑雅，

坐部伎有六。一讌樂、二長壽樂、三天授樂、四鳥歌萬歲樂、五龍池樂、六小破陣樂。自長壽樂以下用龜茲樂，唯龍池則否。

開元中又有涼州、綠腰、蘇合香、屈柘枝、團亂旋、回波樂、甘州、蘭陵王、春鶯囀、半社渠、借席、烏夜啼之屬，謂之軟舞。大酺、阿連、劍器、胡旋、胡騰、阿遼、柘枝、黃麞、拂菻、大渭州、達摩支之屬，謂之健舞。文宗時，教坊又進霓裳羽衣舞女三百人，凡此皆雜舞也。

魏王粲矛渝舞歌

漢初建國家，匡九州。蠻荊震服，五刃三革休。安不忘備武樂修。宴我賓師，敬用御天，永樂無憂。

子孫受百福，常與松喬遊。蒸庶德，莫不咸歡柔。

晉書樂志「巴渝舞漢高帝所作。高帝自蜀入關中，得巴州渝州健兒以相隨，卒定大功，因存其武樂。」有矛渝、弩渝、劍渝等名目。茲篇曰矛渝歌，當是持矛以舞者也。句法長短錯落，可想見其舞容。此之謂武舞。

晉傳玄羽籥舞歌

羲皇之初，天地開元。罔罟禽獸，羣黎以安。神農教耕，創業誠難。民得粒食，澹然無所患。黃帝始征伐，萬品造其端。軍駕無常居，是曰軒轅。……

此之謂文舞。樂府雜錄曰，健舞曲有柘枝，軟舞曲有屈柘。各錄其一首。

柘枝詞

將軍奉命卽須行。塞外領強兵。聞道烽煙動，腰間寶劍匣中鳴。

溫庭筠屈柘詞

楊柳縈橋綠，玫瑰拂地紅。繡衫金騕褭，花髻玉瓏璁。宿雨香潛潤，春流水暗通。畫橋初夢斷，晴日照湘風。

以上所舉，當是廟堂上之舞。若白紵舞則純然為女樂矣。錄白紵舞歌一首。

陽春白日風花香，趨步明玉舞瑤璫。聲發金石媚笙簧，羅袿徐轉紅袖揚。清歌流響繞鳳梁。如矜若思凝且翔，轉盼流精艷輝光。將流將引雙雁行。歡來何晚意何長，明君御世永歌昌。

琴曲 古琴曲有所謂五曲九引十二操。五曲曰鹿鳴、伐檀、騶虞、鵲巢、白駒，名皆見於三百篇。九引曰烈女引、伯妃引、貞女引、思歸引、霹靂引、走馬引、箜篌引、琴引、楚引。十二操曰將歸操、猗蘭操、龜山操、越裳操、拘幽操、岐山操、履霜操、朝飛操、別鶴操、殘形操、水仙操、襄陵操。託體甚古，謂起於商周。大抵舞曲乃踏歌，而琴曲乃獨奏也。

石崇思歸引

思歸引，歸河陽。假余翼，鴻鶴高飛翔。經芒阜，濟河梁。望我舊館心悅康。清渠激，魚彷徨。雁驚泝波羣相將。終日周覽樂無方。登雲閣，列姬姜。拊絲竹，叩宮商。宴華池，酌玉觴。

蔡琰胡笳十八拍（第一拍）

我生之初尚無爲。我生之後漢祚衰。天不仁兮降亂離。地不仁兮使我逢此時。干戈日尋兮道路危。民卒流亡兮共哀悲。煙塵蔽野兮胡虜盛，志意乖兮節義虧。對殊俗兮非我宜。遭惡辱兮當告誰。笳一會兮琴一拍，心潰死兮無人知。

新樂府始自初唐，如劉希夷之公子行，李嶠之汾陰行等是也。至盛唐而波瀾壯闊，李杜名篇，多不勝錄。中唐之白樂天、元微之，更以樂府名於時，幾成專家。樂天之作，多寓意於諷刺，錄其一首。

陵園妾

陵園妾顏色如花命如葉。命如葉薄將奈何，一奉寢宮年月多。年月多。春愁秋思知何限，青絲髮落叢鬢疎。紅玉膚銷繫裙慢，憶昔宮中被妒猜。因讒得罪配陵來。老母啼呼趁車別，中官監送鎖門回。山宮一閉無開日。未死此身不令出。松門到曉月徘徊，柏城盡日風蕭瑟。松門柏城幽閉深。聞蟬聽燕感光陰。眼看菊蕊重陽淚，手把梨花寒食心。把花掩淚無人見。綠蕪牆遶青苔院，四季徒支妝粉錢，一朝不識君王面。遙想六宮奉至尊。宣徽雪夜浴堂春。雨露之恩不及者，猶聞不啻三千人。三千人，我爾君恩何厚薄。願令輪轉直陵園，三歲一來均苦樂。

由此觀之，可見樂府之由來甚古，如康衢歌「立我烝民，莫匪爾極。不識不知，順帝之則。」相傳乃堯時之童謠，真否雖未可知，但亦無從否認。即三百篇亦皆歌謠也。漢初乃立樂府，采集歷代歌曲，被諸聲樂，而樂府之名以生。樂府者，教樂之官也。自漢以後之帝者咸知此乃典章文物之一種。故汗馬甫息。即從事於制禮作樂以點綴昇平。歷代相沿，蟬聯不斷。吾儕得因此以略窺各時代之風尙。又知唐代文藝。實融合中原吳越荊楚巴蠻鮮卑匈奴胡羯羌氐諸俗之樂歌而冶於一爐。彼其所以聲華燦爛。蓋有由矣。至於文體之變遷，迹象亦大略可尋。樂府至唐，詞學實有自然發達之勢矣。

朱晦翁曰，「古樂府只是詩，中間却添許多泛聲，後來人怕失了那泛聲，逐一添個實字，遂成長短句，今之曲子便是」見朱子語類。宋時人之所謂曲子，即今之所謂詞。又全唐詩注曰「唐人樂府元用律絕等詩，雜和聲歌之；其并和聲作實字，長短其句以就曲拍者，是曰塡詞。」香硏居詞麈曰，「唐人所歌多五七言絕句，必雜以散聲，然後可被諸管絃。後人遂譜其散聲以字句實之，而長短句興焉，故詞也者所以濟近體詩之窮而上承樂府之變也。」沈括夢溪筆談曰，「詩之外有和聲，即所謂曲也。唐人乃以詞塡入曲中，不復用和聲。」彼之所謂泛聲、和聲、散聲云者即襯音是已。凡此諸說，均主張以實字塡襯音遂變五七言而爲長短句，而詞之格調以成。余之所持論則異是，蓋因詞之發生乃由於西涼龜茲之樂歌及吳歈楚調會萃而成。痕跡固歷歷可稽。本章開宗敍之綦詳。塡實字於襯音變五七言而爲長短句。於詞之成立。或不無些微影響。要之必非主要原因可斷言也。

詞

王驥德曲律曰，上古之關雎鹿鳴，漢之朱鷺石流，晉之子夜莫愁，六朝之玉樹金釵，唐之霓裳水調，已日趨穠艷，然祇是五七言詩句，不得縱橫如意。又曰，唐之絕句，唐之曲也。漁隱叢話稱唐初歌舞多是五七言詩，後漸變爲長短句，今只有瑞鷓鴣小秦王二闋，瑞鷓鴣是七言八句詩，小秦王是七言絕句云云。案小秦王亦名陽關曲，李白之清平調三首，唐宮曾譜爲新樂，夫人而知之矣，可見古代歌曲在至盛唐猶是四五七言，迨中唐以後，元白諸人，競爲長短句之新樂府，格調不若五七言之板滯，音韻自較悠揚，歌曲遂爲之一變。又五七言詩乃千篇一律，格調無變化，迨長短句參伍錯綜，自可變化無窮，厭故喜新，人之常情；愛複雜而厭單簡，亦人之常情；喜悅耳之聲，尤爲人之常情，西涼龜茲之樂及吳歌楚調，當日已薈萃於一爐，悅耳之新聲既起，誰復能安於四五七言呆滯之歌曲哉社會要求，趨勢已臻於此境，詞之發生，實爲必至之符。況自唐玄宗以後，帝者如後唐莊宗，南唐後主，北宋徽宗，南宋孝宗之流，或則具音樂天才，或則秉文學異稟，倡之於上；則聰明才智之士，自趨之於下，亦勢所必然。故韻文變化，至此實已達水到渠成之境，孰能禦之。

唐代之詞，於燉煌石室之枯紙堆中發見有所謂雲謠曲子十八闋，但無作者名，此卷今存於英京。至於花間尊前兩集，則作者之姓名具在。花間集乃後蜀趙崇祚輯，有歐陽炯序文。尊前集不知何人輯，但無宋人詞，朱祖謀等定為宋初人輯。兩集所收，皆自唐以迄五代。見於花間集者，則有溫庭筠、牛嶠、韋莊等，皆晚唐人。見於尊前集者，則有唐玄宗、李白、韋應物等，皆盛唐人；白居易、劉禹錫等乃中唐人；杜牧、韋莊、韓偓、溫庭筠等則晚唐人；餘皆五代。花間五百首，尊前三百首，此選本之最古者矣。至於專集，最先者當推溫庭筠之金荃集，次則為馮延己之陽春集，和凝之紅葉集，李珣之瓊瑤集等，下逮兩宋，則詞人莫不有專集矣。

大中以後，詩學寖衰，而貞觀中之十部樂，上承清商曲之遺音，旁及西涼龜茲之樂與吳聲楚歌，坐立二部伎之歌曲，如破陣樂、聖壽樂等，及軟舞健舞之曲調，如涼州、甘州、蘭陵王、烏夜啼、柘枝、回波等，皆後世詞調之名。可想見其歌拍舞容，已屬倚聲矣。是則詞之所以繼樂府而興，其痕迹固歷歷可尋也。

詞有小令、中調、長調之分。舊說五十字以下爲小令，九十字以下爲中調，過此則爲長調。唐五代之詞皆小令，實爲詞之起原，亦爲詞之正格。蓋字少而句簡，用以寫一時之感觸，或一物之狀態，最爲自然。北宋猶有五代遺風，南渡以後，則多尚長調矣。此亦變化之一痕跡，更當分別論之。

詞調之最短者爲蒼梧謠，僅十六字，故又名十六字令。錄北宋張孝祥一首。

歸。十萬人家兒樣啼。公歸去，何日是來時。

韋應物三臺

冰泮寒塘水淥，雨餘百草皆生。朝來門巷無事，晚下高齋有情。

劉禹錫憶江南

春去也，多謝洛城人。弱柳從風疑舉袂，叢蘭裛露似沾巾。獨坐亦含顰。

白居易宴桃源（即如夢令）

前度小花靜院，不比尋常時見。見了又還休，愁卻等閑分散。腸斷，腸斷，記取釵橫鬢亂。

溫庭筠菩薩蠻

南園滿地堆輕絮。愁聞一霎清明雨。雨後卻斜陽。杏花零落香。　無言彈睡臉。枕上屏山掩。時節欲黃昏。無聊獨倚門。

此調則合兩半闋而為一首。與前所錄之數調異。乃詞調之最通格，亦謂之二疊。更有三疊四疊而成一首者。要之一疊與三四疊皆在少數。二疊則最為普通。

徐渭南詞敍錄云，古之樂府，皆叶宮調，唐之律詩絕句，悉可絃歌，後復變為長短句，如李白之憶秦娥、清平樂，白樂天之長相思等，已開其端，五代轉繁，考之尊前花間諸集可見。張叔夏詞源云，北宋徽宗崇寧間立大晟府，命周美成諸人討論古音，審定古調，由此八十四調之聲稍傳。

案所謂八十四調者，乃以宮、商、角、徵、羽、變宮、變徵之七聲乘黃鍾大呂等十二律，而得八十四調。自宋以後，已亡其泰半，僅存周德清中原音韻所載之六宮十一調，即所謂十七宮調是已。律之在宮曰宮，在商角羽曰調。錄如下，

黃鍾　宮（正宮）　商（大石調）　羽（般涉調）

大呂　宮（高宮）　商（高大石調）　元代已失

太簇　全失

夾鍾　宮（中呂宮）　商（雙調）

姑洗　商（中管雙調）

仲呂　宮（道宮）　元代已失　商（小石調）

蕤賓　全失

林鍾　宮（南呂宮）　商（歇指調）　元代已失　羽（高平調）

夷則　宮（仙呂宮）　商（商調）　角（商角調）　元代已失

南呂　全失

無射　商（越調）　角（越角調）　元代已失

應鍾　商（中管越調）

以上之六宮十一調，自金元以後，北又亡其四，即道宮、歇指、越角調、高大石調是也。南又亡其一，即商角調是也。所存者只五宮七調，共爲十二宮調。

南詞敍錄曰，永嘉雜劇本村坊小曲。原無宮調。若必欲窮其宮調。則當自唐宋詞中別出十二律二十一調。方合古意。又曰，北曲乃遼金殺伐之音，南曲又出北曲下一等，彼亦以宮調限之，吾不知其何取也。又曰，欲求宮調，當取宋之絕妙詞選逐一按出宮商乃可由此觀之，則宮調原是詞學之名辭。自詞之音譜失傳曲乃因而用之。後世幾以宮調二字爲曲之專有名辭則大誤矣。

王驥德曰，用宮調須稱事之悲歡苦樂，如遊賞則用仙呂、雙調等類。哀怨則用商調、越調等類。以調合情。容易感動得人云。自是當行語。蓋聲容有相屬之關係。若用一雄壯之宮調以寫其幽怨之情。將使歌者無所適從矣。

中原音韻於每一宮調之下，各加以四字之考定。試取片玉白石兩集，擇其詞之標出宮調者案之，便知其概。

解連環（商調）即夷則商聲中原音韻所謂爲悽愴怨慕者

怨懷無託。嗟情人斷絕，信音遼邈。縱妙手能解連環，似風散雨收，霧輕雲薄。燕子樓空，暗塵鎖一牀絃索。想移根換葉，盡是舊時，手種紅藥。　汀州漸生杜若。料舟依岸曲，人在天角。謾記得

當日音書，把閒語閒言，待總燒卻。水驛春回，望寄我江南梅萼，折今生對花對酒，爲伊淚落（片玉）

翠樓吟（雙調）即夾鍾商聲中原音韻所謂爲健捷激裊者

月冷龍沙，塵清虎落，今年漢酺初賜。新翻胡部曲，聽氈幕元戎歌吹。層樓高峙。看檻曲縈紅，簷牙飛翠。人姝麗粉香吹下，夜寒風細。　此地宜有詞仙，擁素雲黃鶴，與君遊戲。玉梯凝望久，歎芳草萋萋千里。天涯情味，仗酒祓淸愁，花消英氣。西山外。晚來還捲，一簾秋霽。（白石）

周美成乃北宋名家，姜白石乃南宋名家，音律最稱精審，各錄其一首，一爲商調，一爲雙調，試按中原音韻之四字定評所謂淒愴怨慕健捷激裊云者以讀之，則王驥德所謂以調合情之意義，可以見矣。

詞既有一定之格律，故每調須特立一名以作符號。蓋調既紛繁，而律復嚴謹，不比樂府之浪漫，故符號之發生，實自然之趨勢。調名之起，最初各有其意義。約略區別，可分爲九

（一）用古人詩句中語。如（渡江雲）乃用杜詩，風人渡江雲。（玉樓春）用白樂天詩，玉樓宴

能醉和春。此類最多。

（二）以地理命名。如（六州歌頭）本鼓吹曲，所謂六州者，即伊、涼、甘、石、氐、渭是也。（八聲甘州）乃唐教坊曲天寶間，樂曲多以邊地爲名，甘州其一也八聲乃節拍之名曰（揚州慢）乃姜白石夜過維揚之自度曲。

（三）以風俗習慣命名。如（菩薩蠻）唐大中初，女蠻國人貢，其人皆危髻金冠，瓔絡被體，謂蠻婦而似菩薩也。（蘇幕遮）升庵詞品曰，西域婦帽也。蓋周緣覆肩，帽簷而似幕也。

（四）以宮調命名。如（角招、）（徵招、）（側犯、）（尾犯、）（法曲第二、）（六么令、）（八六子）等是也。

（五）本意。如（別怨）乃惜別之詞，始自趙長卿之驕馬頻嘶。（翠梅花）始於和凝之詠梅。

（六）寓意。如（六醜）乃周美成所作，上問其命名之意，對曰此詞犯六調，皆聲之美者，然極難歌。高陽氏有子六人，才而醜，故以比之。（暗香、）（疏影）皆白石詠梅之自度曲。

（七）即用本詞中之句以作調名。如（憶王孫）始於秦少游之萋萋芳草憶王孫。（如夢令）

始於後唐莊宗之如夢如夢。殘月落花煙重。

（八）以宮室命名。如（擷芳詞）此調出自政和間禁中，因汴京禁中有擷芳園（沁園春）取漢沁水公主園以名。

（九）人名。如（蘭陵王）北齊蘭陵王長恭有勇而美丰姿，常著假面具以入陣，數立奇功，齊人作舞效之，曰代面舞。又（虞美人）乃詠虞姬之作。（昭君怨）乃詠明妃之作

此不過略舉以爲例，分類不只此數，每類亦不只此數。最初各有所本，後則變爲符號得名之意，可勿問矣。

詞之始原，大略如上述。至於內容之構造，可參觀拙著詞學上編。以下略敘歷代之詞人。

唐 沈佺期生當初唐中宗之世，有回波詞一首，或可稱爲詞之最早者矣。

回波詞

回波爾時佺期。流向嶺外生歸。身名已蒙齒錄，袍笏未復牙緋。

唐劉肅大唐新語云，景龍中，中宗遊幸興慶池，侍宴者唱回波詞，又元郭茂倩樂府詩集云，回波

商調曲，唐中宗時造蓋出於曲水汎觴也。又大唐新語載李景伯此調，則曰「回波詞持酒卮」首二句三言，下三句六言。

李白以盛唐之名詩家而亦能詞，錄其兩闋。雖小令而以氣象勝，但是否爲太白作，殊有問題，姑錄之。

菩薩蠻

平林漠漠煙如織。寒山一帶傷心碧。暝色入高樓。有人樓上愁。　玉階空佇立。宿鳥歸飛急。何處是歸程。長亭更短亭。

憶秦娥

簫聲咽。秦娥夢斷秦樓月。秦樓月。年年柳色，灞陵傷別。　樂遊原上清秋節。咸陽古道音塵絕。音塵絕。西風殘照，漢家陵闕。

更錄晚唐之溫庭筠兩闋

菩薩蠻

小山重疊金明滅。鬢雲欲度香腮雪。懶起畫蛾眉。弄妝梳洗遲。 照花前後鏡花面交相映。新貼繡羅襦。雙雙金鷓鴣。

更漏子

柳絲長、春雨細、花外漏聲迢遞。驚塞雁，起城烏、畫屏金鷓鴣、 香霧薄。透簾幕。惆悵謝家池閣。紅燭背、繡簾垂。夢長君不知

溫飛卿之菩薩蠻十餘首、更漏子六七首，皆輕巧玲瓏，讀此二闋，亦可概見。

五代 詞至五代而規模乃成立。李後主與馮延巳，可作此時期之代表，各錄其數闋。

浪淘沙　　南唐後主

簾外雨潺潺。春意闌珊。羅衾不耐五更寒。夢裏不知身是客，一晌貪歡。 獨自莫憑闌。無限江山別時容易見時難。流水落花春去也，天上人間。

虞美人　　南唐後主

春花秋月何時了。往事知多少小樓昨夜又東風。故國不堪回首月明中。 雕闌玉砌應猶在。

只是朱顏改。問君能有幾多愁。恰似一江春水向東流。

王國維謂溫飛卿之詞其秀在句，李後主之詞其秀在神。又曰，詞至李後主而眼界始大，感慨始深，遂變伶工之詞而爲士大夫之詞，可謂知言。

采桑子　馮延己

馬嘶人語春風岸，芳草綿綿。楊柳橋邊。落日高樓酒旆懸。　舊愁新恨知多少，目斷遙天。獨立花前。更聽笙歌滿畫船。

菩薩蠻　馮延己

金波遠逐行雲去。疏星時作銀河渡。花影臥秋千。更長人不眠。　玉筝彈未徹。鳳髻黃釵脫。憶夢翠蛾低。微風吹繡衣。

謁金門　馮延己

風乍起。吹皺一池春水。閑引鴛鴦芳徑裏。手挼紅杏蕊。　鬥鴨闌干獨倚。碧玉搔頭斜墜。終日望君君不至。舉頭聞鵲喜。

王國維曰，「馮延己詞不失五代風格，而堂廡特大，開北宋一代風氣」其菩薩蠻十數闋，鵲踏枝十數闋無一不佳。參觀陽春集唐五代之詞。可稱詩之漢魏矣：

北宋 晏殊，字同叔，臨淄人，康定間拜集賢殿學士，卒謚元獻，有珠玉詞一卷。晁无咎云，元獻不蹈襲人語，而風流閑雅。劉貢甫云，元獻尤喜馮延己歌詞，其所自作，亦不減延己。周止庵云，晏氏父子，仍步溫韋。讀此則元獻之詞品已可概見，錄其數闋

踏莎行

小徑紅稀，芳郊綠徧。高臺樹色陰陰見。春風不解禁楊花，濛濛亂撲行人面。　翠葉藏鶯，朱簾隔燕。鑪香靜逐游絲轉。一場愁夢酒醒時，斜陽卻照深深院。

浣溪沙

一曲新詞酒一杯。去年天氣舊池臺夕陽西下幾時回。　無可奈何花落去，似曾相識燕歸來。小園香徑獨徘徊。

范仲淹，字希文，吳縣人，官至樞密副使，大中祥符八年進士，卒謚文正，有集。

王國維曰，太白純以氣象勝，西風殘照，漢家陵闕，寥寥八字，遂關千古登臨之口。後世唯范文正之漁家傲差足繼武。

漁家傲

塞下秋來風景異。衡陽雁去無留意。四面邊聲連角起。千嶂裏。長煙落日孤城閉。　濁酒一杯家萬里。燕然未勒歸無計。羌管悠悠霜滿地。人不寐。將軍白髮征夫淚。

御街行

紛紛墜葉飄香砌。夜寂靜，寒聲碎、真珠簾捲玉樓空，天淡銀河垂地。年年今夜，月華如練，長是人千里。　愁腸已斷無由醉。酒未到，先成淚。殘燈明滅枕頭欹，諳盡孤眠滋味。都來此事，眉間心上，無計相迴避。

歐陽修，字永叔，廬陵人。以太子少師致仕，卒諡文忠。有六一居士詞三卷。

周止庵云，韓范諸巨公，偶一染翰，意盛足舉，其文雖足樹幟，故非專家。若歐公則當行矣。羅長源云，歐公致意於詩，爲之本義，溫柔寬厚，所得深矣。

采桑子

羣芳過後西湖好，狼藉殘紅。飛絮濛濛。垂柳闌干盡日風。　笙歌散盡游人去，始覺春空。垂下簾櫳雙燕歸來細雨中

蝶戀花

庭院深深深幾許。楊柳堆煙簾幕無重數。玉勒雕鞍游冶處。樓高不見章臺路。　雨橫風狂三月暮門掩黃昏無計留春住淚眼問花花不語。亂紅飛過秋千去。

浣溪沙

隄上游人逐畫船。拍隄春水四垂天。綠楊樓外出秋千。　白髮戴花君莫笑，六么催拍琖頻傳。人生何處似尊前。

晁補之謂綠楊樓外出秋千，只一出字，便爲後人所不能道云。歐公大氣磅礴，其小令乃細膩如此。

晏幾道，字叔原，殊幼子，有小山詞一卷。

黃山谷云，叔原樂府寓以詩人句法，精壯頓挫，能動搖人心。陳質齋云，叔原詞在諸名家中獨可追逼花間，高處或過之。周止庵云，晏氏父子，仍步溫韋，小晏精力尤勝

臨江仙

夢後樓臺高鎖，酒醒簾幕低垂。去年春恨卻來時。落花人獨立，微雨燕雙飛。　記得小蘋初見，兩重心字羅衣。琵琶絃上說相思。當時明月在，曾照彩雲歸。

虞美人

曲闌干外天如水。昨夜還曾倚。初將明月比佳期。長向月圓時候望人歸。　羅衣著破前香在。舊意誰教改。一春離恨懶調絃。猶有兩行閒淚寶箏前。

王國維人間詞話曰，「詞人者，不失其赤子之心者也。故生於深宮之中，長於婦人之手，是後主爲人君所短處，亦即爲詞人所長處。又曰，客觀之詩人，不可不多閱世。閱世愈深，則材料愈豐富，愈變化，水滸紅樓之作者是也。主觀之詩人，不必多閱世。閱世愈淺，則性情愈眞，李後主是也。」余謂晏小山之詞亦然，小山蓋一不入世之貴公子也。其作品毫無煙火氣，唯見其眞。

柳永初名三變，字耆卿，樂安人，景祐元年進士，官至屯田員外郎，有樂章集九卷。

周濟云，柳詞以平敍見長，或發端，或結尾，或換頭，以一二語鉤勒提掇，有千鈞之力。又曰，耆卿鎔情入景，故淡遠；方回鎔景入情，故穠麗。葉少蘊云，嘗見一西夏歸朝官曰，凡有井水飲處，即能歌柳詞。李端叔云，耆卿詞鋪敍展衍，具足無餘，較之花間所集，韻終不勝。孫敦立云，耆卿詞雖極工，然多雜以鄙語。

雨霖鈴

寒蟬淒切。對長亭晚，驟雨初歇。都門帳飲無緒，方留戀處，蘭舟催發。執手相看淚眼，竟無語凝噎。念去去千里煙波，暮靄沈沈楚天闊。 多情自古傷離別。更那堪冷落清秋節。今宵酒醒何處，楊柳岸曉風殘月。此去經年，應是良辰好景虛設。便縱有千種風情，更與何人說。

耆卿佳句如（八聲甘州）想佳人妝樓長望，誤幾回天際識歸舟。爭知我倚闌干處，正恁凝愁。（蝶戀花）衣帶漸寬終不改，為伊消得人憔悴。（少年遊）夕陽島外，秋風原上，目斷四天垂。此種作品，真可謂鎔情入景者矣。至於（八六子）如花貌，當來便約，永結同心偕老為妙……已是斷絃猶續，

覆水難收。（玉蝴蝶）是處小街斜巷，爛遊花館，連醉瑶卮。……美人才子，合是相知等何，殆即孫敦立之所謂鄙語。更有一首曰

雨中花慢

墜髻慵梳，愁蛾懶畫，心緒事事闌珊。覺新來憔悴，金縷衣寬。認得這疏狂意下，向人誚譬如閒。把芳容陡頓，恁地輕孤，爭忍心安。　依前過了舊約，甚當初賺我，偷剪香髮。幾時得歸來，香閣深關，待伊要尤雲殢雨，纏繡衾不與同歡。儘更深款款問伊，今後敢更無端。

似此等作品，純是教坊女兒口吻。於下文論東坡詞一節，更當及之。

蘇軾，字子瞻，眉山人，嘉祐初試禮部第一，官至翰林學士，卒謚文忠，有東坡樂府二卷。

胡致堂云，詞曲至東坡，一洗綺羅香澤之態，擺脫綢繆宛轉之度，使人登高望遠，舉首高歌，逸懷浩氣，超脫塵垢，於是花間爲皁隸，而耆卿爲輿臺矣。晁无咎云，人謂東坡詞多不諧音律，然橫放傑出，自是曲子中縛不住者。陳無己云，東坡以詩爲詞，如教坊雷大使之舞，雖極天下之工，要非本色。陸放翁云，東坡詞歌終，覺天風海雨逼人。張叔夏云，東坡詞清麗舒徐處，高出人表，周秦諸人所不能到。周

止庵云：東坡天趣獨到處殆成絕詣，然苦不經意，完璧甚少。

水調歌頭

明月幾時有，把酒問青天。不知天上宮闕，今夕是何年。我欲乘風歸去，又恐瓊樓玉宇，高處不勝寒。起舞弄清影，何似在人間。 轉朱閣、低綺戶，照無眠。不應有恨，何事長向別時圓。人有悲歡離合，月有陰晴圓缺，此事古難全。但願人長久，千里共嬋娟。

念奴嬌

大江東去，浪淘盡千古風流人物。故壘西邊，人道是三國周郎赤壁。亂石撑空，驚濤拍岸，捲起千堆雪。江山如畫，一時多少豪傑。 遙想公瑾當年，小喬初嫁了，雄姿英發。羽扇綸巾，談笑間，檣櫓灰飛煙滅。故國神遊，多情應笑我早生華髮。人生如夢，一尊還酹江月。

此外如詠楊花之（水龍吟）燕子樓之（永遇樂）摩訶池上之（洞仙歌）秀蘭之（賀新郎，）是皆名作。要之詞起於唐，至五代而規模成立。至東坡而波瀾乃壯闊。一洗南唐靡嫚之氣而變為胸懷浩蕩，即胡致堂所謂舉日高歌超脫塵垢者是矣。東坡之在詞學中實一開宗大師地位。

詞之所以稱爲詩餘，則自昔不爲士大夫所尙，於斯可見。蓋其時詞之爲道，只是教坊間小兒女歌曲。於葉少蘊所謂凡有井水飲處卽能歌柳詞一語，可見其概。當日耆卿以懷才不遇，流爲浪漫，每應教坊曲師之請，按譜塡詞以付之，新詞出輒爭相傳習，竟背後人，此種作品，自以適合小兒女口吻，俾易上腔，日可以迎合普通人之觀聽，斯爲得體，其不見重於士大夫也亦宜。東坡誡少游曰，「何必學柳七」，此中消息，蓋已透露無遺矣。又東坡嘗語人曰，吾詞與柳七孰勝，其人答曰，丈六將軍，銅琵琶，鐵綽板，唱大江東去，則學士勝；十八女郎，玉班管，銀箜篌，唱楊柳岸曉風殘月，則耆卿勝。此中消息蓋亦透露無餘矣。要而論之，東坡之詞，乃變旖旎爲雄奇，歸調情而重意境，化曲子而爲文章，提高詞之地位，使在文學上佔一較重之位置，東坡之力也。王國維先生謂李後主變伶工之詞而爲士大夫之詞，吾將以此語移贈東坡。東坡實詞學轉變之樞紐人物也。至於晚近之新學說，則非事提倡「到民間去」，其工作殆與東坡背道而馳。究竟到民間去一語是否適用於凡百學問，別爲一問題，此書乃欲窮究文學之變化，固不必評判得失耳。

秦觀，字少游，高郵人，東坡薦於朝，除太學博士，坐黨籍徙，有淮海詞三卷。

蔡伯世云，子瞻辭勝情，耆卿情勝辭，辭情相稱者少游而已。張綖云，少游多婉約，子瞻多豪放，當以婉約爲主。張叔夏云，少游詞體製淡雅，氣骨不衰，清麗中不斷意脈，咀嚼無滓，久而知味。周止庵云，少游最和婉醇正，稍遜清眞者辣耳。又曰，少游意在含蓄，如奇花初胎，故少重筆。

滿庭芳

山抹微雲，天粘衰草，畫角聲斷譙門。暫停征棹，聊共引離尊。多少蓬萊舊事，空回首煙靄紛紛。斜陽外，寒鴉數點，流水繞孤村。　消魂。當此際，香囊暗解，羅帶輕分。漫贏得青樓薄倖名存。此去何時見也，襟袖上空惹啼痕。傷情處，高城望斷，燈火已黃昏。

踏莎行　郴州旅舍

霧失樓臺，月迷津渡，桃源望斷無尋處。可堪孤館閉春寒，杜鵑聲裏斜陽暮。　驛寄梅花，魚傳尺素，砌成此恨無重數。郴江幸自繞郴山，爲誰流下瀟湘去。

淮海之詞，眞可謂情文並茂者矣。晁无咎云，斜陽外，寒鴉數點，流水繞孤村，雖不識字之人，亦知是天生好言語。冷齋夜話云，東坡絕愛少游踏莎行之末二句，自書於扇曰，少游已矣，雖百身何贖。士國維曰，少游詞境最爲淒惋，至可堪孤館閉春寒，杜鵑聲裏斜陽暮，則變而爲淒厲矣。東坡賞其後二語，猶是皮相云。詞題曰郴州旅舍，蓋蒙黨禍放逐時作也。

賀鑄字方回，衞州人，有東山寓聲樂府三卷。

張文潛云，方回樂府，妙絕一世，盛麗如游金張之堂，妖冶如攬嬙施之袪，幽索如屈宋，悲壯如蘇李。陸務觀云，方回狀貌奇醜，俗謂之賀鬼頭，其詩文皆高，不獨工長短句也。

浣溪沙

樓閣初消一縷霞。淡黃楊柳暗棲鴉。玉人和月摘梅花。　笑撚粉香歸洞戶，更垂簾幕護窗紗。東風寒似夜來些。

蝶戀花

幾許傷春春復暮。楊柳清陰偏礙游絲度。天際小山桃葉步。白蘋花滿湔裙處。　竟日微吟長短句。簾影燈昏心寄胡琴語。數點雨聲風約住。朦朧淡月雲來去。

周邦彥字美成，錢塘人，提舉大晟府，有清眞集二卷，又名片玉集。

張煥云，美成詞摹寫物態，曲盡其妙。陳質齋云，美成詞多用唐人詩句，隱括入律，渾然天成。長調尤善鋪敘，富艷精工，詞人之甲乙也。張叔夏云，美成負一代詞名，所作之詞，渾厚和雅，善於融化詩句，而於音譜且間有未諧。作詞者多效其體製，失之軟媚而無可取。此唯美成爲然，不能學也。又云，美成詞當看他渾融處，於軟媚中有氣魄，惜乎意趣卻不高遠。沈伯時云，作詞當以清眞爲主，蓋清眞最爲知音，下字用意皆有法度。周止庵云，清眞集大成者也。又云，清眞渾厚，正於鉤勒處見。他人一鉤勒便刻削，清眞愈鉤勒愈渾厚。

滿庭芳

風老鶯雛，雨肥梅子，午陰嘉樹清圓。地卑山近，衣潤費爐煙。人靜烏鳶自樂，小橋外新綠濺濺。憑闌久，黃蘆苦竹，疑泛九江船。　年年如社燕，飄流瀚海，來寄修椽。且莫思身外，長近尊前。憔悴江南倦客，不堪聽急管繁絃。歌筵畔，先安枕簟，容我醉時眠。

張炎詞源曰，北宋徽宗崇寧間立大晟府，命周美成等主其事，討論古音，審定古調，淪落以後，少得存者。然由此八十四調之聲稍傳。當時美成諸人又復增演慢曲、引、近，或移宮換羽而爲三犯四犯之曲，而曲遂以繁云。據此，則周美成曾主國立音律學府之文壇，且多所創作，讀移宮換羽云云一語，可證其對於詞曲上供獻實多。美成生於徽宗朝，實兩宋詞學之樞紐人物也。

張叔夏謂美成詞於音譜間有未諧。沈伯時謂清眞最爲知音，下字用意，皆有法度。二人之說頗相左。詞之音譜既已失傳，無從辨其是非。但美成主大晟府之文壇，能製新曲，片玉集亦多註宮調，其音律之當行，已可想見。

朱敦儒字希眞，洛陽人，有樵歌三卷。

汪叔耕云：詞至東坡而一變，豪妙之氣，流於言外；天然絕世，不假振作。二變而爲朱希眞，作品多塵外之想，雖雜以微瑕，然清氣自不可沒。三變而爲辛稼軒，自寫其胸中傀儡，而尤好淵明，此詞之三變也云。舉希眞與蘇辛並列，可謂推重之至，其品格亦可想見矣。錄其漁父詞十首之一。

好事近

搖首出紅塵，醒醉更無時節。生計綠蓑青笠，慣披霜衝雪。 晚來風定釣絲閒，上下是新月。千里水天一色，看孤鴻明滅。

雙鸂鶒

拂破秋江煙碧。一對雙飛鸂鶒。應是遠來無力，棹下相偎沙磧。　小艇誰吹橫笛，驚起不知消息。悔不當時描得。如今何處尋覓。

輕描淡寫，毫不費力，不見斧鑿痕，又無煙火氣，眞所謂天然去雕飾者矣。詞學以此爲別派，謂非正宗也。然而派別自爲一問題，若執「到民間去」之說，則吾於北宋得一人，南宋得一人，即朱敦儒與郭應祥是也。但絕非柳七一路。

朱敦儒作品如念奴嬌之「免被花迷，不爲酒困，到處惺惺地，飽來覓睡，睡起逢場作戲——也不蘄仙不佞佛，不學棲棲孔子。懶共賢爭，從教他笑，如此只如此。」洞仙歌之「把俗儒故紙，推向一邊，三界外，尋得一場好笑。」蘇幕遮之「瘦仙人，窮活計，不養丹砂，不肯參同契。兩頓家飡三覺睡，閉著門兒，不管人閒事。　又經年，知幾歲，老屋穿空，幸有天遮蔽。不飲香醪常似醉，白鶴飛來笑我顛顛地。」憶帝京之「元來老子曾垂教，挫銳和光爲妙。因甚不聽他，強要爭工巧，只爲忒惺惺，惹盡閒煩惱。　但你莫多愁早老，你但且不分不曉。第一隨風便倒拖，第二君言亦大好，管取沒人嫌，便總道先生仲。」西江月之「雲間鴻雁草間蟲，共我一般做夢。——饑蚊餓蚤不相容。，伇何曾做夢。被我不扇不捉，廓然總是虛空。——自歌自舞自開懷。且喜無拘無礙。——不須計較與安排，領取而今現在。」減字木蘭花之「不能者止。免苦龜腸憂虎尾，身退心閒，賸向人間活幾年——所魚作鮓，沽酒而打開香可醉，相喚同來草草杯盤飲幾杯。——無人惜我，我自殷勤憐這箇。——依舊多情摟着虛空睡到明。——無人請我。我自鋪氈松下坐。酌酒裁詩，調弄梅花作侍兒。——有何不可。依舊一枚閒的我。飯飽茶香，瞌睡之時知上牀。」如夢令之「真箇先生愛睡，睡裏百般滋味。轉面又翻身，隨意十方遊戲。遊戲遊戲。到了元無一事。——莫恨中秋無月，月又不甜不辣。」之類，其本集似此尚多，但即此已可見其概。

郭應祥作品如丁卯生日之漁家傲「去歲箇書叢裏過。生朝也有人來賀。隨分侑尊呼幾箇，胡蹈和。愁顏鎮日何曾破　素髮如今添老大、歸來方是閒當座。旋擘黃柑篘白墮。呷喻囉，從他摟摟如旋磨。」七月十日西江月「令節無過七夕，今年已隔三宵。奔馳五百里而遙，行止非人所料。」七夕之鵲橋仙「羅花列果，拈針弄線，等是紛紛兒戲。巧人自少拙人多，那牛女何曾管你。」元宵之好事近「今歲度元宵，隨分點些燈火。不比舊家繁盛，有紅蓮千朵。客來草草辦杯盤，飯後雜蔬果。休羨晴天隨馬，與銀花鐵鎖。」贈麗華之采桑子「錢簇綠遶紅圍處，只這孩兒。兩淚垂垂，不忍教人遽別離。」戲呈子定之減字木蘭花「遇如不遇，最是暫來還復去。歸到鄉關，欲再來時卻恐難。」之類，其本集且甚多，若欲提倡「到民間去」，吾以爲只須把說話之程度提高些些，同時把文章之格律降低些些，雙方湊併，也許是一條新路。

李清照字易安，格非之女，爲趙明誠夫人，有漱玉詞一卷。

朱文公云，本朝婦人能文章者，曾子宣妻魏氏及李易安二人而已。張正夫云，易安之聲聲慢詞，乃公孫大娘舞劍手，本朝非無能詞之士，未曾有一下十四疊字者。下半闋點點滴滴，又是四疊。錄如下。

聲聲慢

尋尋覓覓，冷冷清清，淒淒慘慘戚戚。乍暖還寒時候，最難將息。三杯兩盞淡酒，怎敵他晚來風急。雁過也，最傷心，卻是舊時相識。　滿地黃花堆積，憔悴損，如今有誰堪摘。守著窗兒，獨自怎生得黑梧桐更兼細雨，到黃昏點點滴滴。這次第，怎一箇愁字了得。

醉花陰

薄霧濃雲愁永晝。瑞腦消金獸。佳節又重陽，玉枕紗廚，半夜涼初透。　東籬把酒黃昏後。有暗香盈袖。莫道不消魂，簾捲西風，人似黃花瘦。

苕溪漁隱叢話云，易安嘗以重陽醉花陰詞函致其夫婿趙明誠，明誠思勝之，謝絕一切，廢寢忘食者三晝夜，得五十餘首，雜易安此作以示友人陸德夫，德夫玩誦再三，曰，有三句乃絕佳。詰其所指，曰莫道不消魂，簾捲西風，人似黃花瘦。明誠爲之索然

南宋

詞至南宋，稱曰全盛。渡江之初，即產生一辛稼軒，棄北方亢爽之氣，移植於江南明秀之地，兩相調合而挺此異材。此就空間言之也。至於時間，則自中唐元白之蒐集漢魏以來樂府之大成。晚唐溫韋競爲長短句。經五代北宋之光華燦爛。至稼軒又集其大成。稼軒誠時代之驕兒哉。

辛棄疾，字幼安，號稼軒，歷城人，生於紹興十年，即南渡後十三年。二十三歲，率其部曲縛張安國至臨安，累官至浙東按撫使，卒謚忠敏，有稼軒詞四卷。

劉後村云，稼軒詞大聲鏜鞳，小聲鏗鍧，橫絕六合，掃空萬古；其穠麗綿密者亦不在小晏秦郎之下。周止庵云，稼軒斂雄心，抗高調，變溫婉，成悲涼。又云，蘇辛並稱，東坡天趣獨到處，殆成絕詣，而苦不經意，完璧甚少；稼軒則沈著痛快，有轍可循，南宋諸公，無不傳其衣缽，固未可同年而語也。稼軒由北開南，夢窗由南追北，是詞家轉境。

賀新郎

綠樹聽鵜鴂。更那堪杜鵑聲住，鷓鴣聲切。啼到春歸無啼處，苦恨芳菲都歇。算未抵人間離別。馬上琵琶關塞黑，更長門翠輦辭金闕。看燕燕，送歸妾。　將軍百戰身名裂。向河梁回頭萬里，故人長絕。易水蕭蕭西風冷，滿坐衣冠似雪。正壯士悲歌未徹。啼鳥還知如許恨，料不啼清淚長啼血。誰共我，醉明月。

摸魚兒

更能消幾番風雨，匆匆春又歸去。惜春長怕花開早，何況落紅無數。春且住。見說道天涯芳草無歸路。怨春不語。算只有殷勤畫簷蛛網，盡日惹飛絮。　長門事，準擬佳期又誤。蛾眉曾有人妒。千金縱買相如賦，脈脈此情誰訴。君莫舞。君不見玉環飛燕皆塵土。閒愁最苦。休去倚危闌，斜陽正在，煙柳斷腸處。

讀此可見周止庵所謂斂雄心，抗高調，變溫婉，成悲涼者，爲不謬矣。

鷓鴣天

晚日寒鴉一片愁。柳塘新綠卻溫柔。若教眼底無離恨，不信人間有白頭。 腸已斷，淚難收。相思重上小紅樓。情知已被雲遮斷，頻倚闌干不自由。

又

木落山高一夜霜。北風驅雁又離行。無言無覺情懷好，不飲能令興味長。 頻聚散，試思量。爲誰春草夢池塘。中年長作東山恨，莫遣離歌苦斷腸。

此則劉後村所謂穠麗緜密不在小晏秦郎之下者矣。

王國維曰，南宋詞人堪與北宋頡頏者，唯一幼安耳。幼安之佳處在有性情有境界，即以氣象論，亦有傍素波干青雲之概。又曰，東坡之詞曠，稼軒之詞豪，無二人之胸襟而學其詞，猶東施之效捧心也。又曰，讀東坡稼軒詞，須觀其雅量高致，有伯夷柳下惠之風。又曰，蘇辛詞中之狂。白石猶不失爲狷。若夢窗梅溪玉田草窗西麓輩面目雖不同同歸於鄉愿而已。

姜夔，字堯章，鄱陽人，號白石道人，有白石詞五卷。

揚州慢

淮左名都，竹西佳處，解鞍少駐初程。過春風十里，盡薺麥青青。自胡馬窺江去後，廢池喬木，猶厭言兵。漸黃昏清角，吹寒都在空城。　杜郎俊賞，算而今重到須驚。縱豆蔻詞工，青樓夢好，難賦深情。二十四橋仍在，波心蕩冷月無聲。念橋邊紅藥，年年知爲誰生。

此乃白石自製曲，題曰，「淳熙丙申至日，余過維揚，夜雪初霽，薺麥彌望；入其城則四顧蕭條，寒水自碧，暮色漸起，戍角悲吟；余懷愴然，感慨今昔；因自度此曲，千巖老人以爲有黍離之悲也。」時正金兵南犯後，宋使范致能行成於金，得以苟安。此曲之宮調曰中呂宮，即夾鍾宮聲。白石長於音律，其自製之新腔不少。

解連環

玉腕重倚。卻沈吟未上，又縈離思。爲大喬能撥春風，小喬妙移箏，雁啼秋水。柳怯雲鬆，更何必十分梳洗。道郎攜羽扇，那日隔簾，半面曾記。 西窗夜涼雨霽，歎幽歡未足，何事輕棄。問後約空指薔薇，算如此溪山，甚時重至。水驛燈昏，又見在曲屏近底。念唯有夜來皓月，照伊自睡。

白石之自製曲如暗香、疏影、一萼紅、琵琶仙、淡黃柳、惜紅衣等皆有名於世，格調之高，當推第一。

史達祖，字邦卿，號梅溪，汴梁人，有梅溪詞一卷。

姜白石云，梅溪奇秀清逸，有李長吉之韻。蓋能融情境於一家，會句意於兩得。張功甫云，史生之作，情辭俱到，織綃泉底，去塵眼中，有瓌奇警邁清新閑婉之長，而無訑蕩汙淫之失，端可分鑣清眞，平睨方回。周止庵云，梅溪才思可匹竹山，竹山粗俗，梅溪纖巧；粗俗之病易見，纖巧之習難除。又云，梅溪好用偸字，品格便不高。

雙雙燕 詠燕

過春社了，度簾幕中間，去年塵冷。差池欲住，試入舊巢相並。還相雕梁藻井。又軟語商量不定。飄然快拂花梢，翠尾分開紅影。 芳徑。芹泥雨潤。愛貼地爭飛，競誇輕俊。紅樓歸晚，看足柳昏花暝。應自棲香正穩。便忘了天涯芳信。愁損翠黛雙蛾，日日畫闌獨憑。

綺羅香 春雨

做冷欺花，將煙困柳，千里偸催春暮。盡日冥迷，愁裏欲飛還住。驚粉重蝶宿西園，喜泥潤燕歸南浦。最妨他佳約風流，鈿車不到杜陵路。 沈沈江上望極，還被春潮晚急，難尋官渡。隱約遙峯，和淚謝娘眉嫵。臨斷岸新綠生時，是落紅帶愁流處。記當日門掩梨花，剪燈深夜語。

吳文英字君特，號夢窗，四明人，有夢窗詞四卷。

沈義甫云，夢窗深得淸眞之妙，其失在用事下語太晦，使人不可曉。張叔夏云，吳夢窗如七寶樓臺，眩人耳目；塌碎下來，不成片段。周止庵云，夢窗奇思壯采，騰天潛淵，返南宋之淸泚，爲北宋之穠摯。又云，夢窗立意高，取徑遠，皆非餘子所及；唯過嗜餖飣，以此被議；若其虛實並到之作，雖淸眞不過也

八聲甘州 登靈巖

渺空煙四遠，是何年靑天墜長星。幻蒼崖雲樹，名娃金屋，殘霸宮城。箭徑酸風射眼，膩水染花

腥。時靸雙鴛響，廊葉秋聲。　宮裏吳王沈醉，倩五湖倦客，獨釣醒醒。問蒼波無語，華髮奈山青。水涵空闌干高處，送亂鴉斜日落漁汀。連呼酒，上琴臺去，秋與雲平。

高陽臺

修竹凝妝，垂楊駐馬，憑闌淺畫成圖。山色誰題，樓前有雁斜書。東風緊送斜陽下，弄舊寒晚酒醒餘。自消凝，能幾花前，頓老相如。　傷春不在高樓上，在燈前欹枕，雨外熏爐。怕檥游船，臨流可奈淸臞。飛紅若到西湖底，攪翠瀾總是愁魚。莫重來，吹盡香綿，淚滿平蕪。

夢窗之詞，爲世所宗，尤以晚淸詞人爲最。余則覺其堆砌，去自然二字甚遠，不敢苟同矣。

陳允平，字君衡，一字衡仲，四明人，有繼周集一卷，日湖漁唱二卷。

張叔夏云，詞欲雅而正，志之所之，一爲物役，則失其雅正之音。近代陳西麓所作平正，亦有佳者。

周止庵云，西麓宗少游，徑平思鈍，鄉愿之亂德也。又云，西麓和平婉麗，最合時好，但無健舉之筆，沈摯之思，學之必使生氣沮喪。

絳都春

鞦韆倦倚，正海棠半坼，不奈春寒。殢雨弄晴，飛梭庭院繡簾閒。梅妝欲試芳情懶。翠顰愁入眉彎。霧蟬香冷霞消淚搵，恨襲湘蘭。　悄悄池臺步晚，任紅薰杏靨，碧沁苔痕。燕子未來，東風無語又黃昏。琴心不度春魂遠。斷腸難託啼鵑。夜深猶倚垂楊二十四闌。

絳都春原是仄韻，西麓改作平聲，但懶遠二韻仍須通叶，乃爲不失。西麓擅音律，日湖漁唱尚有平韻念奴嬌，仄韻畫錦堂等不少

王沂孫，字聖與，號碧山，又號中仙，會稽人，有碧山樂府二卷，又名花外集。

張叔夏云，中仙詞嫻雅，有姜白石意趣。周止庵云，碧山饜心切理，言近旨遠，聲容調度，一一可循。又云，碧山胸次恬淡，故黍離麥秀之感，只以唱歎出之，無劍拔弩張氣象。又云，詠物最爭託意隸事處，以意貫串，渾化無痕，碧山勝場也。又云，詞以思筆爲入門階陛，碧山思筆，可謂雙絕；幽折處大勝白石，唯圭角太分明，反覆讀之，有水清無魚之歎。又云，賦物能將人、景、情、思，一齊融入，最是碧山長處；由其心細筆靈，取徑曲，佈勢遠也。

無悶　雪意

陰積龍荒，寒度雁門，西北高樓獨倚。悵短景無多，亂山如此。欲喚飛瓊起舞，怕攪碎紛紛銀河水。凍雲一片，藏花護玉，未教輕墜。清致、悄無似有照水南枝、已攪春意。誤幾度憑闌，莫愁凝睇。應是梨花夢好，未肯放東風來人世。待翠管吹破蒼茫，看取玉壺天地。

高陽臺

殘雪庭陰，輕寒簾影，霏霏玉管春葭。小帖金泥，不知春是誰家。相思一夜窗前夢，奈箇人水隔天遮。但淒然滿樹幽香，滿地橫斜。江南自是離愁苦，況游驄古道，歸雁平沙。怎得銀箋，殷勤說與年華。如今處處生芳草，縱憑高不見天涯。更消他幾度東風，幾度飛花。

周密，字公謹，濟南人，號草窗，又號弁陽嘯翁，又號蕭齋，又號四水潛夫，有蘋洲漁笛譜三卷。

周止庵云，草窗鏤冰刻楮，精妙絕倫，但立意不高，取韻不遠，當與玉田抗行，未可方駕王吳也。又云，草窗最近夢窗，但夢窗思沈力厚，草窗則貌合耳。若其鏤新鬥冶，固自絕倫。

瑤華

朱鈿寶玦。天上飛瓊，比人間春別。江南江北，曾未見漫擬梨雲梅雪。淮山春晚，問誰識芳心高潔。消幾番花落花開，老了玉關豪傑。　金壺翦送瓊枝，看一騎紅塵，香度瑤闕。韶華正好，應自喜初識長安蜂蝶。杜郎老矣，想舊事花須能說。記少年一夢揚州，二十四橋明月。

張炎，字叔夏，號玉田，又號樂笑翁，西秦人，乃循王之後，有山中白雲詞八卷。

鄭所南云，識張玉田先輩，喜其三十年汗漫南北數千里，一片空狂懷抱，日日化雨爲醉。自仰扳姜堯章、史邦卿、盧蒲江、吳夢窗諸名公，互相鼓吹春聲於繁華世界，能令後三十年西湖錦繡山水，猶生清響。仇山村云，山中白雲詞，意度超遠，律呂協洽，當與白石老仙相鼓吹。舒閬風云，玉田詩有姜堯章深婉之風，詞有周清真雅麗之思，盡有趙子固瀟灑之意。厲樊榭云，玉田詞前無古人，後無來者，唯白石老仙足與抗衡耳。周止庵云，玉田才本不高，專恃磨礱雕琢，裝頭作腳，處處妥當，後人翕然宗之。又云，筆以行意也，不行須換筆，換筆不行便須換意；玉田唯換筆不換意。

解連環　孤雁

楚江空晚。悵離羣萬里，怳然驚散。自顧影卻下寒塘，正沙淨草枯，水平天遠。寫不成書，只寄得相思一點。料因循誤了，殘氈擁雪，故人心眼。　誰憐旅愁荏苒。謾長門夜悄，錦箏彈怨。想伴侶猶宿蘆花，也付念春前，去程應轉。暮雨相呼，怕驀地玉關重見。未羞他雙燕歸來，畫簾半捲。

詠物至此，亦不能不謂之絕唱矣。寫不成書，只寄得相思一點，不知從何處得來，想伴侶以下數句，雁之情緒，唯玉田乃能知之。

高陽臺　西湖春感

接葉巢鶯，平波捲絮，斷橋斜日歸船。能幾番游，看花又是明年。東風且伴薔薇住，到薔薇春已堪憐。更淒然萬綠西泠，一抹荒煙。　當年燕子知何處，但苔深韋曲，草暗斜川。見說新愁，如今也到鷗邊。無心再續笙歌夢，掩重門淺醉閒眠。莫開簾，怕見飛花，怕聽啼鵑。

清

南宋文學，結晶於詞，作者如林，可謂無美不備；然而末流所趨，漸成堆砌，去五代北宋遠矣。蓋以沿襲數百載，循轍以進，難邁前人；欲闢新途徑，而不能立新意境，與晚唐詩人之軌轍如出一途。迨北方民族入主，以發音高下之不同，詞不能按其調，而北曲因以興；南人效之，以四聲闕，難付歌喉，而南曲遂以興。於是舉世從風，詞之音譜竟以失傳。此實韻文之一大變化矣。自茲以往，詞遂變爲讀品，然而千數百年之大世家，式微之後，氣度猶存，詞之矩範，至今無異於前時也。有明一代，詞學最消沈，至清初而復興，顧貞觀、納蘭容若、陳其年、厲鶚等頗能自闢新意境。末葉而有鄭文焯、朱祖謀等，作品力追南宋，而尤宗夢窗。二百數十年間，斯學頗不寂寞，擇錄數闋以見其概。

金縷曲　寄吳漢槎（以詞作書）　顧貞觀

季子平安否。便歸來生平萬事，那堪回首。行路悠悠誰慰藉，母老家貧子幼。記不起從前杯酒。魑魅搏人應見慣，料輸他覆雨翻雲手。冰與雪，周旋久。淚痕莫滴牛衣透。數天涯依然骨肉，幾家能彀。比似紅顏多薄命，更不如今還有。只絕塞苦寒難受。廿載包胥承一諾，盼烏頭馬角終相救。置此札，君懷袖。

我亦飄零久。十年來深恩負盡，死生師友。宿昔齊名非忝竊，試看杜陵消瘦，曾不減夜郎僝僽。薄命長辭知己別，問人生到此淒涼否。千萬恨，為君剖。兄生辛未吾丁丑。共些時冰霜摧折，早衰蒲柳。詞賦從今須少作，留取心魂相守。但願得河清人壽。歸日急翻行戍稿，把空名料理傳身後。言不盡，觀頓首。

漢槎以科場事謫戍寧古塔，梁汾作此寄之，納蘭容若見而大感動，漢槎得以賜還。以詞作書，實千古絕調。顧貞觀字華峯，號梁汾，無錫人，有彈指詞三卷。

采桑子　納蘭性德

而今纔道當時錯，心緒淒迷。紅淚偷垂。滿眼春風百事非。情知此後來無計，強說歡期。一別如斯。落盡梨花月又西。

浣溪沙　納蘭性德

誰道飄零不可憐。舊遊時節好花天。斷腸人去自今年。一片暈紅疑着雨，幾絲柔綠乍和煙。倩魂銷盡夕陽前。

蝶戀花　納蘭性德

辛苦最憐天上月。一昔如環，昔昔都成玦。若似月輪終皎潔。不辭冰雪爲卿熱。無那塵緣容易絕。燕子依然，軟踏簾鉤說。唱罷秋墳愁未歇。春叢認取雙棲蝶。

此等作品，眞有五代遺音。納蘭性德字容若，滿洲正白旗人，康熙十二年進士，乃明珠太傅之子，有飲水詞一卷。

咸同間之蔣春霖，字鹿潭，有水雲樓詞一卷，氣格甚高，錄其一首。

木蘭花慢 江行晚過北固山

泊秦淮雨霽，又燈火，送歸船。正樹擁雲昏，星垂野闊，暝色浮天。蘆邊夜潮驟起，暈波心月影蕩江圓。夢醒誰歌楚些，泠泠霜激哀絃。　嬋娟不語對愁眠，往事恨難捐。看莽莽南徐，蒼蒼北固，如此山川。鉤連更無鐵鎖，任排空檣艣自回旋。寂寞魚龍睡穩，傷心付與秋煙。

卽此數人，卽此數闋，則有清一代二百數十年間之詞品，可以見矣。清代於凡百學問到此一一復興。舉凡考據、金石、今古文以及詩、詞、駢體文，無不放異彩，稱爲中國文藝復興時代，可無愧色。

事物之由簡而臻於繁，由單純而臻於複雜，實進化之恆軌。卽以詞而論，前所列舉之蒼梧謠、三臺、回波詞、憶江南、如夢令等皆單調之小令，隨後則漸進而爲雙疊，至若蘭陵王等之爲三疊，鶯啼序之爲四疊，先後長短，固自顯然，曲律每折須同在一宮調之下，先後蟬聯，其機實肇於此。亦詞曲變化之一痕迹矣。

詩只嚴於句，於逗幾無所措意，詞則不然，五言句有一領四者，有二三者，有三二者；七言句有三四者，有四三者，絕對不能顛倒。更有二五者，但不若上文所列舉數例之嚴重。由簡而臻於繁，亦進化之軌範矣。

唯音韻亦然，詩只嚴於平仄，四聲非所關懷。詞則四聲最重，後結尤要，去聲尤所獨嚴。如結尾二字均仄聲者，入聲韻則用去入，上聲韻則用去上，名作皆然。徐誠庵言之最詳。又如平聲，其間陰陽之分甚爲謹嚴。張炎述其先德所塡詞，中有句曰「瑣窗深」，上腔覺「深」字不協，改爲「幽」，仍不協，再改爲「明」乃協。則此字之必須陽平可知矣。又云一句中有「撲」字，不協，改作「守」乃協。則此字宜上而不宜入可知矣。詩律無此煩重也。

曲

欲知曲之所由起，宜先尋戲劇之本源。戲劇乃樂歌之一種，古代樂歌，乃用之於郊祀、宗廟、宴會、朝聘之間。以詩之雅頌考之，實起原於遠古。兩漢魏晉之世，每代亦莫不相率而師古，從事於制禮作樂，然所作之樂，亦只用之於郊祀朝聘而已。兩漢以後雖於郊廟莊嚴之樂歌外復有曲房私讌之細樂，如六朝之玉樹後庭，唐之霓裳水調之類，其性質實只等於近代之清唱，非戲劇也。迨南宋中葉，以運會所至，不期而在北方則有董解元者，於金章宗朝，作西廂搊彈詞；在南方則有永嘉人者，於宋光宗朝，作趙貞女王魁二劇。譜古人之故實以爲曲情，實戲劇之濫觴，爲前代所未有。以此論之，則謂北曲始於遼金，南曲始於南宋，或當不爲武斷矣乎。然而運會之來，必經過悠遠之時期，複雜之蹊徑；正如萬壑奔流，匯爲湖澤，水勢縈洄，乃成湖澤；然亦有湖澤而水勢乃得縈洄，因果相依，始成象徵，此之謂運會。詞起於中唐，至南宋而結晶，其間已歷五百年，豪傑之士，宜乎可以興矣。請言其變。

詞乃出於樂府之長短句，已如前所言。隨後格調愈多，不得不各立一名以作符號，亦如上述。然而猶是自成片段。每首各自爲一短歌而已。至於曲則不然，一調名雖成獨立體，但串合而成一劇，則前後須有聯屬之關係，規矩謹嚴，非當行不得移易，此曲之所以異於詞者一也。詞之在每一調名之下，句之長短，字之多少，各有一定，不容增減。曲則不然，襯字可增至正文之一倍，且必以一倍爲率。是曰贈板，此曲之所以異於詞者二也。

贈板必多用襯字，襯字多少無一定，以合拍爲率，其彈力性極大，可以自由伸縮。但南曲之板拍必在正文上，襯字上不能加板，北曲則不然，襯字上亦可以加板。蓋以北曲之板眼無定，而南曲則有一定之規律故也。多襯字而有贈板，則音韻必悠揚，由徐而疾，音節漸促，乃表示緊張之階段，故南曲之有贈板者必在前，無贈板者在後，關鍵則在排場上。是以元人沈和有南北合套之創作，以其於排場上最爲適宜，每遇劇情有英雄豪俠登場，慷慨悲歌之時，即變動排場，改用北曲，蓋以其伉爽而無贈板故也。元人戲曲，每折必一人獨唱到底，賓白乃配角司之。故曰賓，對於主角而言耳。南曲則不然、每劇必主角與配角更番酬唱，且唱與白必夾雜間出，使歌者得以和緩其氣力，聽者得以更換其注意，兩不易倦。流動而不板滯，南曲之優點也，南曲並不後於北曲幾許，元代已有之，徐渭南詞敍錄所列舉宋元舊曲目有六十餘種之多；皆南曲也。其中最負盛名而流傳至今者則琵琶記、幽閨記是也。

藥苑詳注曰，曲者詞之變，金元所用北樂緩急之間，詞不能按，中原人士乃更爲新聲以悅之。馬東籬輩，咸富有才情，兼善音律，遂擅一代之長。大江以北，漸染北語，隨時採入，而沈約四聲，遂闕其一。東南之士，稍稍復變新體，號爲南曲；高則誠遂淹前後。大抵北主勁切雄麗，南主清峭柔遠云。由此觀之，可見金元歌曲之在文學史上雖自唐代以後成爲第二之聲華燦爛時期。但絕非由兩種不同之文化相媾合而自然發展。乃純屬須要問題。且帶幾分强制性而成立者也。

南北曲之大別，魏良輔曲律言之甚詳。其言曰，北主勁切雄壯，南主清峭柔婉。北曲字多而調促，促處見筋；故調情多而聲情少。南曲字少而調緩，緩處見眼；故調情少而聲情多。

曲之類別，元時分三種：即小令、套數、雜劇是也。後又有所謂傳奇，並此而四，其分別略如下。

小令　只用一曲，與宋詞略同。

套數　亦曰散套，合一宮調中諸曲爲一套，但無引子無賓白，與雜劇之一折略同。

雜劇　每劇四折，每折易一宮調。

傳奇　亦名院本，有長至四十齣者，殆連數雜劇而成者也。

明騷隱居士衡曲麈譚曰，傳奇之曲與散套異，傳奇有答白可以轉換，而清曲則一線到底；傳奇有介頭可以變調，而清曲則一韻到底云。彼之所謂清曲，殆指套數雜劇而言。

由前之說，可見合小令而成套數，合四套而成一雜劇，合數雜劇以成一傳奇。試錄一小令，一套數，則可以例其餘矣。

小令

（天淨沙）枯藤老樹昏鴉。小橋流水人家。古道西風瘦馬。夕陽西下。斷腸人在天涯。

王國維宋元戲曲史云，此詞庶齋老學叢譚及元刊樂府新聲，均不著名氏，明蔣仲舒堯山堂外紀，以爲馬致遠撰，清朱竹垞詞綜因之，未知何據。

讀此小令，則知所以異於詞者，唯平仄韻相叶而已。然而詞之通叶，已有此例。參觀拙箸詞學上編第五章。

套數　馬致遠（秋思）（雙調）（卽夾鍾商聲）

（夜行船）百歲光陰如夢蝶，重回首往事堪嗟，昨日春來，今朝花謝，急罰盞夜闌燈滅。

（喬木查）秦宮漢闕，做衰草牛羊野，不恁漁樵無說話，縱荒墳，橫斷碑，不辨龍蛇。

（慶宣和）投至狐蹤與兔穴，多少豪傑，鼎足三分半腰折，魏耶晉耶。

（落梅風）天教富，不待奢，無多時好天良夜，看錢奴硬將心似鐵，空辜負錦堂風月。

（風入松）眼前紅日又西斜，疾似下坡車，晚來清鏡添白髮，上牀與鞋履相除，莫笑鳩巢計拙，葫蘆提就裝呆。

（撥不斷）利名竭，是非絕，紅塵不向門前惹，綠樹偏宜屋角遮，靑山正補牆東缺，竹籬茅舍。

（離亭怨煞）蛩吟罷一枕纔寧貼，雞鳴後萬事無休歇，算名利何年是徹，密匝匝蟻排兵，亂紛紛蜂釀蜜，鬧穰穰蠅爭血，裴公綠野堂，陶令白蓮社，愛秋來那些，和露摘黃花，帶霜烹紫蟹，煑酒燒紅葉，人生有限杯，幾箇登高節，囑付與頑童記者，便北海探吾來，道東籬醉了也。

王國維曰，天淨沙小令，純是天籟，彷唐人絕句。馬東籬秋思一套，元周德淸中原音韻評之以爲萬中無一。明王元美藝苑卮言，亦推爲套數中第一，誠定論也。

上文謂套數者乃合一宮調中諸曲爲一套，即如馬致遠之秋思，乃用雙調，即夾鍾律之商聲，所謂宮調者是也。全套七曲，如夜行船、喬木查、慶宣和、落梅風、風入松、撥不斷、離亭宴煞，皆雙調也。是之謂一套。

宋元戲曲史曰，元曲之佳處何在，一言以蔽之曰，自然而已。古今之大文學無不以自然勝，而莫著於元曲。又曰，元劇之最佳處不在其思想結構，而在其文章；其文章之妙亦一言以蔽之曰，有意境而已。何謂意境，曰寫情則沁人心脾，寫境則在人耳目，述事則如其口出是也。古詩詞之佳者無不如是。又曰，古代文學之形容事物也，率用古語，用俗語者絕無；又所用之字數亦不甚多。獨元曲以許用襯字故，故輒以許多俗語或自然之聲音形容之，此古文學上所未有也。可謂知言。

宋元戲曲史又曰，元劇實於新文體中自由使用新言語，在我國文學中，楚辭內典而外，並此而三，其源實遠在宋金二代，不過至元而大成。其寫景抒情述事之美，所負於此者實不少也。又曰，元代曲家，自明以來，稱關、馬、鄭、白，然以其年代及造詣論之，寧稱關白馬鄭爲妥也。關漢卿一空倚傍，自鑄偉詞，而其言曲盡人情，字字本色，故當爲元人第一。白仁甫、馬東籬、高華雄渾，情深文明；鄭德輝清麗芊綿，自成馨逸，均不失爲第一流；其餘曲家，均在四家範圍內。唯宮大用瘦硬通神，獨樹一幟。以唐詩喻之，則漢卿似白樂天，仁甫似劉夢得，東籬似李義山，德輝似溫飛卿，而大用則似韓昌黎。以宋詞喻之，則漢卿似柳耆卿，仁甫似蘇東坡，東籬似歐陽永叔，德輝似秦少游，大用似張子野。雖地位不必同，而品格則略相似也。明寧獻王曲品躋馬致遠於第一，而抑漢卿於第十，蓋元中葉以後，曲家多祖馬鄭而祧漢卿，故寧王之評如是，其實非篤論也。此一段大議論，自是當行人語。

明徐渭南詞敍錄云，北雜劇有錄鬼簿，院本有唐段安節之樂府雜錄，曲選有太平樂府，記載詳矣。惟南戲無人選集，亦無表其名目者，余嘗惜之。又曰，南戲始於宋光宗朝，永嘉人所作趙貞女、王魁二種實首之。故劉後村有「死後是非誰管得，滿村聽唱蔡中郎」之句。或云宣和間已濫觴，其盛行則自南渡，號曰永嘉雜劇。

案錄鬼簿乃元人鍾嗣成所編，其所錄之第一名爲董解元，自註曰「大金章宗時人，以其創始，故列諸首」云。所謂董解元者，其名不傳，今所行之董西廂，是其作品。由此觀之，則北曲始於金章宗朝。南曲始於宋光宗朝，無可疑議矣。

徐渭又云，今南曲九宮，不知出於何人，意亦國初教坊人所爲，最爲無稽可笑。夫古之樂府，皆叶宮調，……今之北曲，蓋遼金北鄙殺伐之音，壯偉很戾，武夫馬上之歌，流入中原，遂爲民間之日用。宋詞旣不可被絃管，南人亦遂尚此。……特其止於三聲，而四聲亡滅耳。南曲又出北曲下一等，彼以宮調限之，吾不知其何取也。又曰，或以則誠有不尋宮數調之句，爲不知律，非也，此正見高公之識。夫南曲本市里之談，卽如今吳下山歌，北方山坡羊，何處求取宮調；必欲宮調，則當取宋之絕妙詞選，逐一按出宮商，乃是高見。彼旣不能，盍亦姑安於淺近，大家胡說可也，奚必南九宮爲。

案此一段，可謂快人快語。今亦有痛詆湯臨川之牡丹亭爲不叶宮調者，或亦如高則誠琵琶記之類而已。

徐又云，南曲固無宮調，然曲之次第須用聲相隣以爲一套，其間亦自有類輩，不可亂也。如黃鶯兒則繼之以簇御林，畫眉序則繼之以滴溜子之類，自有一定之序，作者觀於舊曲而遵之可也。

元陶宗儀輟耕錄云，唐有傳奇，宋有戲曲，唱諢，詞說，金有院本雜劇，其實一也。宋元戲曲史云，兩宋戲劇，均謂之雜劇，至金而始有院本之名；院本者，太和正音譜云，行院之本也。行院者，大抵即伎院，其所唱之本即謂之院本云爾。

準此二說，則院本之名始於金，傳奇之名始於唐矣。案唐有裴鉶者，乃呂用之之客，用之以道術愚弄高駢，鉶作傳奇以諂之，多言仙鬼事，詞多對偶，今用作戲曲之稱，已非唐之舊。至宋則以諸宮調爲傳奇，元則以雜劇爲傳奇，明則以戲曲之長者爲傳奇，至今因之，自唐以後，傳奇之名凡四變矣。清黃文暘曲海，分戲曲爲雜劇與傳奇二種，亦即以篇幅之大小爲類別也。

元劇自是多北曲，然當時南曲雜劇之行於世者亦有，其最普遍者曰荊、劉、拜、殺，荊即王十朋之荊釵記，劉即劉知遠之白兔記，拜即將世隆之拜月亭，殺即王十朋之殺狗記。此四種乃元之南曲，詞曲只是平平，然而家絃戶誦，上自士夫，下至皁隸，無不知有荊劉拜殺者，想是通俗易於上腔故耳。或謂拜月亭乃施君美作

至於傳奇，計自元代以迄清初，眞能在文學史上佔地位之佳作實不少。在元則有王實甫之西廂記，高則誠之琵琶記；在明則有湯顯祖之牡丹亭、紫釵記，沈璟之紅蕖記已佚；在清則有洪昇之長

生殿，孔尙任之桃花扇，其最著者也。玉茗堂四夢，各自有其價値，但牡丹亭爲尤佳耳。淸之蔣心餘九種，亦有相當之價値，其中以香祖樓爲最佳；至於李笠翁十種，只是平平。

徐渭又曰，或言琵琶記高處在慶壽、成婚、彈琴、賞月諸大套，此猶有規矩可尋；唯食糠、嘗藥、築墳、寫眞諸作，從人心流出。嚴滄浪所謂水中之月，空中之影，最不可到。又如十八答，句句是常言俗語，扭作曲子，點鐵成金，信是妙手。又云，人言高則誠筆琵琶記於一小樓上，書案之下，脚踏處成一深坑，蓋點拍之痕跡云。

當晚明天崇間，有阮大鋮者，品格不足道，但於傳奇雜劇中，確有其相當之地位。所作之石巢四種：（一）春燈謎，（二）燕子箋，（三）雙金榜，（四）獅子賺。此外尙有牟尼珠、忠孝環等，亦其所作；而以燕子箋、春燈謎二種最有名於時。

有明一代，詞學雖沈寂，而曲則甚有聲光，除湯若士、沈寧庵、王渼陂、梁伯龍諸大家之作品外，其短軸雜劇，亦大有可傳。以辭藻之穠麗論，如汪道昆五湖遊之（步步嬌）「席上迴風，燈前垂手。猶記舊歌樓，鷓鴣聲裏空回首。」又遠山戲之（金瓏璁）「綺窗人睡起，海棠初破新枝。」又洛水悲之（步步嬌）「脉脉窮愁，昭昭靈響。何處斷人腸，斜陽煙柳憑闌望。」等句，不讓王實甫以朴茂論，則如徐渭漁洋弄之（油葫蘆）「第一來逼獻帝遷都，又將伏后來殺。使郗慮去拿唉，可憐那九重天子救不得一渾家。帝道，后少不得你先行，咱也只在日下。更有那兩個兒，又不是別樹上花。都總是姓劉的親骨血，在宮中長大。卻怎生把龍雛鳳種，做一甕鮓魚蝦」又（六么序）「哄他人口似蜜；害賢良，只當耍。把一個楊德祖立斷在轅門下。磣可可血唬零喇。孔先生是丹鼎靈砂。月邸金蟆。仙觀瓊花。易奇而法，詩正而葩。他兩人嫌隙，於你只有針尖大。不過是口嘮噪有甚爭差。一個爲忒聰明參透了雞肋話。一個是一言不洽都雙雙命掩黃沙。」等曲，眞是直追元人。

明雜劇之上場詩，多直用古人作品，而神氣適肖，身分恰合，此著似較勝於元人。如（洛水悲）甄后之上場詩曰，「美女嬌且閑。高門結重關。容華耀朝日，誰不希令顏。佳人慕高義，求賢良獨難。衆人徒嗷嗷，安知彼所觀。」陳思王之上場詩則錄「謁帝承明廬，逝將歸舊疆。清晨發皇邑，日夕過首陽。伊洛廣且深，欲濟川無梁。汎舟越洪濤，怨彼東路長。顧瞻戀城闕，引領情內傷。」一首，把兩人之生平身分，劇中情緒，及場面背景，均刻畫得恰如其分，此則較元曲爲進步者矣。

明雜劇之科白大率較元劇爲長，多用淸新之口角，嫻雅之辭令，或莊或諧，可歌可泣。如徐渭翠鄉夢之第二折，梁辰魚紅線女之第四折等，穿插一二千字之科白，此法不獨可令顧曲者精神發揚，抑亦可助文章生色，亦進化之一端矣。

嘉靖間，崑山魏良輔創爲崑腔，而歌曲又爲之一變。先是北曲之樂器以絃索爲主要，南曲如餘姚、海鹽、弋陽等腔則以簫管爲主要。又浙腔以拍爲節，其調靜；弋腔以鼓爲節，其調喧；崑腔則管絃合奏，鼓拍並節。此實魏良輔之創作，而使歌曲又入一新紀元，其功力亦不可謂不偉大矣。

餘姚腔乃出自會稽，而廣被於常州、揚州、徐州等處；海鹽腔乃出自嘉興，而廣被於湖州、溫州、台州等處；弋陽腔乃出自江西，而廣被於兩湖、閩廣等處；崑腔初只行於吳中，隨後則淹有大江南北。

曲律以排場爲最要，凡於合唱、獨唱、上場、下場、及悲歡、離合之間，最有關係，卽所謂情節是已。如每齣須用一宮調，不得隨意更易，乃製曲之原則，唯排場變動，則可以換宮換韻，宮調與管色均可不必一綫到底。南北皆然，但每齣只宜用一次，多則無味。亦有換宮而不換韻者，如長生殿密誓一齣，於牛女過場時，所唱乃越調，用支思韻；其後明皇與貴妃乞巧，所唱乃商調，用庚淸韻；此卽因排場變動而換宮換韻者矣。又如尸解一齣，於妃魂上場自歎時，用正宮尤侯韻；其後尸解正文，則轉南呂尤侯韻；此則排場變動，換宮而不換韻者是已。關於此中消息，有同鄉許之衡所箸之曲律易知，言之最詳。

犯調亦製曲要務，其方有二：一曰借宮，一曰集曲。蓋曲牌各有其所隸屬之宮調，如點絳脣、混江龍，屬仙呂；一枝花、烏夜啼，則屬南呂是已。傳奇有時於一折所聯之套數，在本宮曲牌外借取別宮之曲牌以相接，是曰借宮；於同在一闋之中，取此調與彼調之曲各截取數句湊合而成，是曰集曲。如南柯夢「落紅盈院」一闋，牌名六犯清音，則集合六曲牌而成者矣。

犯調之作，有張炎詞源之結聲正訛一篇言之最詳，蓋犯調之關鍵，全在結聲故也。其文曰，

商調是（凡）字結聲，用折而下，若聲直而高不折，則成（六）字，即犯越調。

仙呂宮是（工）字結聲，用平直，若微折而下，則成（凡）字，即犯黃鍾宮。

正平調是（四）字結聲，用平直而去，若微折而下則成（折）字，即犯仙呂調。

道宮是（勾）字結聲，要平下，若太下而折則帶（大凡一）雙聲，即犯中呂宮。

高宮是（五）字結聲，要清高，若平下則成（凡）字，犯大石調；微高則成（六）字，犯正宮。

南呂宮是（大凡）字結聲，要平而去，若折而下則成（一一）字，卽犯高平調。

詞源此論，乃專就塡詞而作；隨後詞譜絕響，曲乃繼之，遂轉成製曲之金科玉律矣。

凡事物之變化，不外由分而復合，合而復分，循環不已，而變化遂以無窮。卽以詩而論，初唐之長古，乃由漢魏間之短歌演繹而成。如易水歌之兩句，大風歌之三句，垓下歌之四句，而變爲行行重行行之每四句爲一解，合四解而爲一首；春江花月夜之四句一轉，凡九轉而成一篇。盛唐之近體絕句，乃復由此等長古而化分，截取每韻四句爲一首。試讀白香山之長恨歌，非宛如集合數十首之七絕而組成者耶。詞曲亦復循斯軌，並未外此公例。由如夢令等單調小令而變爲二疊三疊四疊之慢調，曲則由此而化分，分而復合。徐渭南詞敍錄曰，詞調兩半篇乃合一闋，今南曲健便，多只用前半篇，故曰一隻，猶物之雙者止其一半，不全舉也云。於斯可見其離合之變遷。又詞每首本爲獨立體，無聯屬之組織，曲則不然，集合數首或十數首爲一套，以一宮調限之，前後蟬聯，次序亦不容錯誤，前首之結聲與後一首之發音有不能移易之關係，故次序與管色均有定律爲之限，且由套而成齣，合諸齣而爲一傳奇，亦卽所謂合而分，分而合之變化矣。此就結構方面言之也。至於修辭方面，若用此法推究，亦復可通。由散文之單語句進而爲「蕙心紈質，玉貌絳脣」之偶句，再進而爲「山梁飲啄，非有意於籠樊；江海飛浮，本無情於鐘鼓」之排偶，旋復散開而爲對聯。對聯之作，不得不謂我國之一種特殊文學也。若夫八股文之結構，則更奇絕矣。以一比而論，純屬散文；兩比遙遙相對，則成對偶。如管世銘之「老彭仕商之中葉，其時文字尚簡，而蒐羅或易爲功；至於今而治亂興衰，又增數百年矣……」純是散文體，乃於一百有餘字之後而作對比曰，「老彭享世之大年，其間聞見既多，而精力尤能爲繼，至於我而東西南北，坐消數十年矣……」兩比句法之組織，次第如一，且平仄亦不得有誤。如出比第一句之「葉」字仄，對比第一句之「年」字必平；其下「簡」仄對「多」平，「功」平對「繼」仄，乃一定之格律。此合駢散文而調和組織者也。文體至於八股，可稱絕特，學問無盡，變化亦無盡，要皆從一分一合之間得來，實天地之秘奧矣。

＊F二七五九
平

中華民國二十七年七月初版

(85602·4)

中國韻文概論一冊

每冊實價國幣柒角
外埠酌加運費匯費

著作者　梁啟勳
發行人　王雲五　長沙南正路
印刷所　商務印書館　長沙南正路
發行所　商務印書館　各埠

（本書校對者謝雨東）